Эфраим Севела

Почему нет рая на земле

Москва

ZебраЕ / Эксмо / Деконт+

2003

ББК 84(Рос=Рус)6
С 28

*Художественное оформление
и макет* А.Бондаренко

Севела Э.

С 28 Почему нет рая на земле. — М.: Зебра Е, Эксмо, Деконт+, 2003. — 188 с.

"Эфраим Севела обладает свежим, подлинным талантом и поразительным даром высекать искры юмора из самых страшных и трагических событий, которые ему удалось пережить..." — Ирвин Шоу. О чем бы ни писал Севела, — о маленьком городе его детства или об огромной Америке его зрелых лет, — его творчество всегда пропитано сладостью русского березового сока, настоенного на стыдливой горечи еврейской слезы.

ББК 84(Рос=Рус)6

ISBN 5-89517-090-X

Почему нет рая на земле

Почему нет рая на земле?

Вы можете мне ответить на этот вопрос?

Не трудитесь. Бесполезно.

До вас уже несколько тысяч лет взрослые люди, поумней и пообразованней, сколько ни пыхтели, найти вразумительного ответа не смогли.

А я знаю.

Не потому, что я такой умный. А совсем наоборот. Когда я учился в школе, меня не ставили в пример другим ученикам за большие знания и родителям на школьных собраниях ничего утешительного не говорили. В армии я научился разбирать затвор винтовки, а вот собирать... Обычно у меня оставалась какая-нибудь лишняя деталь, и старшина отправлял меня на гауптвахту, чтоб я имел достаточно времени подумать, где этой детали место.

И все же я знаю, почему нет рая на земле.

Потому что нет больше на земле маленького мальчика по имени Берэлэ Мац. Берэлэ — это имя. Уменьшительно-ласкательное. Если б он вырос и стал взрослым, его бы звали Борис. А Мац — это фамилия. Короткая и очень редкая. Я, например, с тех пор больше не встречал людей с такой фамилией.

Потому что Берэлэ Мац не стал взрослым и не оставил потомства.

Он слишком рано ушел от нас.

И потому на земле нет рая.

Слушайте внимательно, что я вам расскажу, и вы согласитесь со мной.

Мне очень повезло в жизни. Вернее, не во всей жизни. А на первых ее порах. В раннем детстве. Потому что у меня был такой друг, как Берэлэ Мац, и лишь когда его не стало, а я вырос и стал лучше соображать, только тогда я понял, какое счастье быть в дружбе с таким удивительным и редким человеком.

Мы с ним оба родились в одном городе, на одной улице, и наши дома стояли друг против друга, так что мы могли переговариваться из окон, открыв форточки и, конечно, если рядом не было взрослых, потому что иначе мы оба могли схлопотать по подзатыльнику за то, что орем как недорезанные и у соседей могут лопнуть барабанные перепонки.

Каждый любит город, в котором он родился. Есть у людей такая слабость. Как справедливо отмечает русская народная пословица: каждый кулик свое болото хвалит.

Поэтому я промолчу и дам только самые необходимые сведения об этом городе.

Он совсем небольшой, но на географической карте СССР отмечен маленьким кружочком. Точкой. Почти на самом западе огромнейшей страны, которую ни один реактивный самолет не может облететь без промежуточной посадки или дозаправки горючим в воздухе. Иначе он рухнет где-нибудь в сибирской тайге.

В учебнике истории России наш город упоминается неоднократно, и кое-где на его улицах вывешены мемориальные доски с такими именами, что дух захватывает при мысли, что ты ходишь по той же земле, по которой ступали эти люди.

Через город протекает река Березина, знаменитая не только тем, что на ее берегах родился я. Здесь когда-то французский император Наполеон разбил русского фельдмаршала Кутузова, а потом Кутузов — Наполеона. Здесь фашист Гитлер бил коммуниста Сталина, а потом Сталин — Гитлера.

На Березине всегда кого-то били. И поэтому ничего удивительного нет в том, что в городе была улица под названием Инвалидная. Теперь она переименована в честь Фридриха Энгельса — основателя научного марксизма, и можно подумать, что на этой улице родился не я, а Фридрих Энгельс.

Абсолютный идиотизм.

Если уж так чесались руки переименовать улицу, то почему было не назвать ее улицей Берэлэ Маца?

Которого больше нет среди нас.

И потому на земле нет рая.

Я знаю, почему улицу не назвали его именем.

Причина может быть только одна.

После революции евреи в России были в моде, и никто не стыдился еврейского имени. Слово "еврей" звучало почти равнозначно слову "революционер". Потому что почти все евреи были на стороне революции в гражданской войне и многие отдали свои жизни за власть рабочих и крестьян. Я родился намного позже, но знал об этом не из книг, а читая на домах названия улиц и на памятниках героям гражданской войны тисненные золотом имена тех, кто спал вечным сном под мраморными обелисками, увенчанными красной звездой. Имена были в основном еврейскими.

А когда власть рабочих и крестьян утвердилась в России крепко, интерес к евреям пропал, еврейских имен стали стыдиться, а самих евреев по указанию вождя Советского Союза Иосифа Сталина стали обижать еще хуже, чем это делали до революции царские антисемиты.

В мире еще много загадочного.

Рядом с Инвалидной улицей была улица имени Гирша Леккерта — храбрейшего революционера, убитого врагами революции. Как-то в одну ночь со всех домов сняли синие эмалевые таблички с именем Леккерта и повесили другие, на которых улица именовалась Московской.

Почему Московской?

От нашего города до Москвы почти тысяча километров.

Тогда уж лучше бы назвали улицу Смоленской. До Смоленска от нас вдвое ближе.

Назвали первым именем, что на ум взбрело. Лишь бы убрать еврейское имя.

Еще хитрее поступили с памятником на могиле героев

гражданской войны, который много лет стоял на центральной площади нашего города. На этом памятнике все четыре имени были еврейскими. Его не убрали. Это было бы уже совсем дикостью. Под предлогом ремонта накрыли обелиск парусиной от любопытных глаз, долго оттуда, из-под парусины, доносился стук молотков и долот, а когда парусину убрали, никаких имен на мраморных плитах уже не было. Вместо них горели золотом слова: “Вечная слава героям”.

А каким героям? Не вашего ума дело.

Простенько и со вкусом, как выражались в дни моего детства остряки на Инвалидной улице.

Много знать будете — скоро состаритесь.

Слово — серебро, молчание — золото.

Это русские народные поговорки.

И поэтому в России предпочитают молчать, чем задавать нелепые вопросы. А то ведь можно и в тюрьму сесть. Или еще хуже. Под конвоем поехать в Сибирь. Сибирь ведь тоже в России. Только за пять тысяч километров от нашего города.

Теперь, надеюсь, вам понятно, почему Инвалидной улице не присвоили имени Берэлэ Маца.

Но, хоть и под другим названием, эта улица была прекрасна. И не архитектурой, а людьми. На нашей улице жили богатыри. Один другого здоровее.

Ну, действительно, откуда у нас было взяться слабым? Один воздух нашей улицы мог цыпленка сделать жеребцом. На нашей улице, сколько я себя помню, всегда пахло сеном и укропом. Во всех дворах держали коров и лошадей, а укроп рос на огородах, и сам по себе, как дикий, вдоль заборов. Даже зимой этот запах не исчезал. Сено везли каждый день на санях, и его пахучими охапками был усеян снег не только на дороге, но и на тротуаре.

А укроп? Зимой открывали в погребах кадушки и бочки с солеными огурцами и помидорами, и укропу в них было, по крайней мере, половина. Так что запах стоял такой, что если на нашей улице появлялся свежий человек, скажем приезжий, так у него кружилась голова и в ногах появлялась слабость.

Большинство мужчин на нашей улице были балагулами. То есть ломовыми извозчиками. Мне кажется, я плохо объяснил и вы не поймете.

Теперь уже балагул нет и в помине. Это вымершее племя. Ну, как, например, мамонты. И когда-нибудь, когда археологи будут раскапывать братские могилы, оставшиеся от второй мировой войны, где-нибудь на Волге, или на Днепре, или на реке Одер в Германии, и среди обычных человеческих костей найдут широченные позвоночники и, как у бегемота, берцовые кости, пусть они не придумывают латинских названий и вообще не занимаются догадками. Я им помогу. Это значит, они наткнулись на останки балагулы, жившего на нашей улице до войны.

Балагулы держали своих лошадей, и это были тоже особые кони. Здоровенные битюги, с мохнатыми толстыми ногами с бычьими шеями и такими широкими задами, что мы, дети, впятером сидели на одном заду. Но балагулы были не ковбои. Они на своих лошадях верхом не ездили. Они жалели своих битюгов. Эти кони везли грузовые платформы, на которые клали до пяти тонн. Как после такой работы сесть верхом на такого коня?

Когда было скользко зимой и балагула вел коня напоить, он был готов на своих плечах донести до колонки своего тяжеловоза. Где уж тут верхом ездить.

Инвалидная улица отличалась еще вот чем. Все евреи на ней имели светлые волосы, ну, в худшем случае, русые, а у детей, когда они рождались, волосы были белые, как молоко. Но, как говорится, нет правила без исключения. Ведь для того и существует правило, чтобы было исключение. У нас очень редко, но все же попадались черноволосые. Ну вы сразу догадались. Значит, это чужой человек, пришлый, волею судеб попавший на нашу улицу.

А вот уж кого-кого, а рыжих у нас было полным-полно. Всех оттенков, от бледно-желтого до медного. А веснушками были усеяны лица так густо, будто их мухи засидели. Какие это были веснушки! Сейчас вы таких не найдете. Я, например, нигде не встречал. И крупные, и маленькие, как маковое зерно. И густые, и редкие. У многих они даже были на носу и на ушах.

У всех, за исключением пришлых, на нашей улице были светлые глаза. Серые, голубые, даже зеленые, даже с рыжинкой, как спелый крыжовник. Но Боже упаси, чтоб коричневые или черные! Тогда сразу ясно — не наш человек.

Балагула Нэях Марголин, который из всей мировой литературы прочитал только популярную брошюру о великом садоводе Иване Мичурине, потому что у Нэяха Марголина у самого был сад и он по методу Мичурина скрещивал на одном дереве разные сорта яблок, из чего почти всегда ничего не получалось, так вот этот самый Нэях Марголин так определил породу обитателей Инвалидной улицы:

— Здесь живут евреи мичуринского сорта, правда, горькие на вкус. Как говорится, укусишь — подавишься.

Мой друг детства Берэлэ Мац был плодом неудачного скрещивания. Мало того, что он был очень маленьким и почти не рос, как деревья в саду у Нэяха Марголина, он был брюнет, и черными волосами зарос у него даже весь лоб, кроме очень узенького просвета над бровями. И, хоть его всегда стригли машинкой наголо "под ноль", он все равно оставался брюнетом в шумной белоголовой ораве Инвалидной улицы.

Но зато Берэлэ Мац имел такие глаза, что с ним никто не мог сравниться. Один глаз — светлый, зеленый, одним словом, наш глаз, а другой — коричневый, карий, как спелая вишня, явно из другого сада, то есть улицы.

По этому поводу у нас было много толков. Женщины, вздыхая и качая головами, пришли к выводу, что это результат дурной болезни, которую подхватил когда-то его непутевый предок. Может быть, сто лет тому назад. Или двести. Масло всегда всплывает наверх рано или поздно. Хоть по советским законам сын не отвечает за отца и тем более за прадеда. И жалели Берэлэ Маца как инвалида.

Я считаю это чистейшей клеветой! Мало ли какую гадость люди могут придумать. Не от нас это повелось. Скажем, у соседа подохла корова. Казалось бы, не своя, чужая, а все равно приятно. Так и с Берэлэ Мацом.

Не нужно быть большим умником, чтоб определить причину появления разных глаз у него. Все очень просто. Отец Берэлэ — грузчик с мельницы Эле-Хаим Мац — с нашей улицы. Отсюда один глаз. Тот, который зеленый. А взял он в жены женщину чужую, низенькую, черноволосую, с заросшим лбом. Отсюда, как вы сами понимаете, второй глаз. И все остальные неприятности, такие, как маленький рост, отсутствие лба и темные корни волос, даже когда его стригли наголо.

Берэлэ — по-еврейски медвежонок, но его все называли Майзэлэ — мышонок. И это было справедливо. Маленький и черненький, он очень был похож на недоразвитого мышонка. И был он на нашей улице на особом положении. Я бы теперь сказал: двойственном.

С одной стороны, матери приводили его нам в пример. Берэлэ учился на круглые пятерки и еще, сверх того каждый день бегал в музыкальную школу с маленькой скрипочкой в черном футлярчике. И там тоже получал одни пятерки.

С другой стороны, матери категорически запрещали нам с ним дружить, оберегая нас от него, как от заразы.

Секли у нас детей во всех домах. Но на долю Берэлэ Маца выпадало больше всех. Его секли чаще и дольше. Потому что отец его, грузчик Эле-Хаим Мац, — человек основательный и ничего не делал спустя рукава. Если б меня так били, я бы умер еще до войны, а не дождался бы прихода немцев, как это сделал Берэлэ Мац.

Сейчас я понимаю, что это был уникальный человек, редкий экземпляр, который рождается раз в сто лет. И если бы он дожил до наших дней, то перевернул бы всю науку и вообще человечество вверх дном. И Советскому Союзу не пришлось бы так долго и мучительно, каждый раз с плачевным результатом, догонять и перегонять Америку. Америка бы сама капитулировала и на коленях просила хоть на один год одолжить им Берэлэ Маца, чтобы поправить свои дела.

Берэлэ Мац обладал счастливым свойством — он был оптимист. На это вы скажете: мало ли на земле оптимистов. И что чаще всего этот их оптимизм не от большего ума. Это, возможно, и справедливо. Но не по отношению к Берэлэ Мацу.

Его оптимизм происходил от огромной силы таланта, причем таланта разностороннего, который бушевал в нем как огонь, в маленьком тельце под узким, заросшим волосами лобиком. Ему никогда не бывало грустно, даже в такие моменты, когда любой другой бы на его месте повесился. Сколько я его помню, он всегда скалил в улыбке свои крупные, квадратами, зубы, а в глазах плясали, как говорили женщины с нашей улицы, все тысячи чертей. Потому что, когда в человеке сидит такой талант, ему море по колено.

Бывало, его отец грузчик Эле-Хаим Мац высечет Берэлэ, а как вы понимаете, утром у отца рука особенно тяжелая, потому что он отдохнул за ночь от таскания мешков на мельнице, и казалось бы, на Берэлэ живого места не осталось, но прошло десять минут, и уже из дома несутся звуки скрипки. Берэлэ стоит у окна и водит смычком по струнам, прижав подбородком деку своей скрипочки, и косит бедовым глазом в спину отца, шагающего по улице на работу.

Отец шагает удовлетворенно. И его походка, тяжелая, вразвалку, выражает уверенность, что он все сделал как надо. Высек Берэлэ от всей души, без халтуры, основательно. Ребенок все понял и теперь, на зависть соседям, занимается с утра музыкой, и отцу приятно под такую музыку идти на работу.

Но стоило отцу завернуть за угол, и скрипка, издав прощальный стон, умолкала. С треском распахивалось окно, и Берэлэ кубарем скатывался на улицу. С тысячью новых планов, сверкающих в его плутоватых глазах.

Если бы хоть часть его планов осуществило неблагодарное человечество, сейчас бы уже был на земле рай.

Но Берэлэ Мац рано ушел от нас.

И на земле нет рая.

— Зачем люди доят коров и коз в ведра? — сказал как-то Берэлэ Мац. — Ведь это только лишние расходы на посуду. Надо доить прямо в рот. А из сэкономленного металла строить дирижабли.

Сказано — сделано. В тот же день он взялся осуществлять первую часть плана — доение в рот, чтобы вслед за этим приступить к строительству дирижаблей.

Мы поймали соседскую козу, загнали ее к нам во двор, привязали за рога, и Берэлэ лег под нее спиной к земле и распахнул свой большой рот. А я, присев на корточки, стал доить. Как известно, соски у козы большие и мягкие и не висят прямо надо ртом, а раскачиваются, когда на них надавишь. Струйки молока хлестали вкривь и вкось, попадали Берэлэ то в глаз, то в ухо, но никак не в рот, хотя он терпеливо дергался своим залитым молоком лицом под каждую струйку, чтоб уловить ее губами.

На крик козы — она ведь не понимала, что это эксперимент для всего человечества, — прибежала ее хозяйка. Вскоре Эле-Хаим Мац имел работу: он сек нещадно Берэлэ, а Берэлэ кричал так, что было слышно на всей улице.

Так в зародыше был убит этот проект, и он уж никогда не осуществится.

Потому что Берэлэ Мац рано ушел от нас.

И на земле еще долго не будет рая.

Все женщины нашей улицы считали Берэлэ хулиганом, злодеем и вором и, когда он заходил в дом, прятали деньги, оставленные в кухне для милостыни нищим. При этом они забывали, что Берэлэ Мац учился в школе лучше их детей и знаний у него больше, чем у всей улицы, вместе взятой.

У Берэлэ был брат Гриша, старше его лет на семь. Уже почти взрослый человек. Гришу Бог одарил чрезмерной мускулатурой, но соответственно убавил умственных способностей. Гриша уже кончал с грехом пополам школу и готовился в техникум. Все, что ему надо было запомнить, он зубрил вслух и по двадцать раз подряд. Маленький Берэлэ, слушая краем уха заунывное, как молитва, бормотание брата, на лету все запоминал и в десять лет решал за брата задачки по геометрии и физике.

А своей сестре Хане, которая была тоже старше его, но физически и умственно ближе к Грише, писал сочинения, заданные на дом. Короче говоря, в этой семье все учились только благодаря стараниям Берэлэ. Но остальных детей родители любили и холили, как и положено в приличной еврейской семье, а Берэлэ лупили как Сидорову козу, осыпали проклятьями и призывали на его голову все Божьи кары.

Мне теперь понятно. Берэлэ родился раньше своего времени, и люди его не поняли, не раскусили. Ему бы родиться не на первой фазе строительства коммунизма, а при его завершении. Тогда бы он осчастливил человечество.

Но Берэлэ Мац рано ушел от нас.

И на земле нет рая.

А до коммунизма все так же далеко, как прежде, если не еще дальше.

Почему Берэлэ считали вором?

За его доброе сердце.

Да, он воровал. И воровал тонко, изобретательно. Но ведь не для себя он старался. Он хотел осчастливить человечество.

Скажем, так. Кто из детей, например, не любит сливочное мороженое “микадо”, аппетитно сжатое двумя вафельными хрупкими кружочками?

Таких нет. На Инвалидной улице детей кормили как на убой, но мороженое родители считали баловством (их в детстве тоже не кормили мороженым) и категорически нам отказывали в нем.

И, как назло, именно на нашем углу стоял мороженщик Иешуа, по кличке Иисус Христос, со своей тележкой на надувных шинах, под полосатым зонтом. Мы млели, когда проходили мимо, и особенно остро понимали, почему произошла в России революция в 1917 году. Нам очень хотелось

2 – 7872

продолжить ее дальше и сделать мороженое тоже общим достоянием и бесплатным.

Выход нашел Берэлэ Мац. Сначала он умыкал мелочь у себя дома. На эти деньги он покупал у Иешуа максимальное число порций и раздавал их нам. А ему не доставалось. Довольствовался лишь тем, что мы ему скрепя сердце позволяли лизнуть от наших порций.

Мы же, спеша и давясь холодными кусками, старались быстрей улизнуть домой, потому что знали — расплата неминуема. И точно. Еще не успевало окончательно растаять мороженое в наших животах, а уже со двора грузчика Эле-Хаима Маца на всю улицу слышался первый крик Берэлэ. Его секли за украденные деньги. И он громко кричал, потому что было больно и еще потому, что, если бы он молчал, отец посчитал бы, что все труды пропали даром. И мог бы его совсем добить.

Дома у Берэлэ приняли все меры предосторожности, и даже при всей его изобретательности он там уже больше денег достать не мог. Тогда он обратил свои глаза на соседей. У них стала исчезать мелочь, оставленная для нищих, а мы продолжали лизать мороженое “микадо”, и Берэлэ Маца секли пуще прежнего, потому что соседи приходили жаловаться отцу.

Когда на нашей улице появился китаец-коробейник с гроздью разноцветных шаров “уйди-уйди”, Берэлэ чуть не погиб. Эти шары, когда из них выпускали воздух, тоненько пищали “уйди-уйди”, и мы чуть не посходили с ума от желания заполучить такой шарик. Но, как на грех, именно тогда на Инвалидной улице все женщины были помешаны на антигигиене и антисанитарии, потому что в предвидении будущей войны они поголовно обучались на санитарных курсах и сдавали нормы на значок "Готов к санитарной обороне СССР".

Китаец-коробейник был единогласно объявлен разносчиком заразы, а его шары "уйди-уйди" — вместилищем всех бактерий и микробов, и, застращенные своими женами, наши балагулы турнули китайца на пушечный выстрел от Инвалидной улицы.

Через два дня вся улица огласилась воплями "уйди-уйди", и разноцветные шары трепетали на ниточке в руке у каждого ребенка, кто был в состоянии удержать шарик. Улицу осчастливил Берэлэ Мац. Он украл целых два рубля у Рохл Эльке-Ханэс, ответственной за кружок "Готов к санитарной обороне СССР", и на эти деньги скупил все шары у китайца, разыскав его на десятой от нас улице. Еще продолжали попискивать "уйди-уйди" истощенные шарики, а со двора Эле-Хаима Маца уже неслись крики Берэлэ. На сей раз его секли показательно, в присутствии пострадавших: Рохл Эльке-Ханэс, именуемой официально товарищ Лифшиц, и ее мужа, огромного, но кроткого балагула Нахмана, который при каждом ударе моргал и страдальчески морщился, как будто били его самого. Общественница Рохл Эльке-Ханэс, она же товарищ Лифшиц, наоборот, удовлетворенно кивала после каждого удара, как это делает любящая мать при каждой ложке манной каши, засунутой ребенку в рот.

У нее с Берэлэ были свои счеты. За неделю до этого он так подвел товарищ Лифшиц, что она чуть не сгорела от стыда и боялась, что ее лишат возможности в дальнейшем заниматься общественной работой.

Во дворе у попадьи наши женщины сдавали нормы на значок "Готов к санитарной обороне СССР". Экзамены принимала важная комиссия во главе с самим представителем Красного Креста и Красного Полумесяца доктором Вайшинкером. Рохл Эльке-Ханэс так волновалась, что свои семечки, от которых она даже в такой день отказаться не могла, не лузгала, как обычно, а жевала, проглатывая вместе с шелухой.

Для проверки медицинских знаний нужен был человек, на котором можно было бы все продемонстрировать. Его нужно было таскать на носилках, бегать с ним по лестницам, спускаться в бомбоубежище. Короче, нужен был человек, которого надо спасать от ожогов всех трех степеней, огнестрельных ранений, проникающих навылет, переломов костей, открытых и закрытых. Уважающий себя человек на эту роль не согласится, даже если бы от этого зависела вся санитарная оборона СССР.

И решили взять для этой цели ребенка. Во-первых, его согласия спрашивать не надо. Во-вторых, его легче таскать на носилках. А наши женщины, хотя и были очень здоровые и тяжелой физической работы не чурались, таскать груз просто так, за здорово живешь, не очень хотели. Поэтому их выбор пал на самого легкого по весу Берэлэ Маца, и он охотно отдал свое тело в их распоряжение, на пользу обществу.

Но впопыхах наши женщины забыли об одном обстоятельстве, которое потом чуть не погубило общественную карьеру товарищ Лифшиц. При всех своих талантах Берэлэ Мац обладал еще одним: у него был постоянный хронический насморк, и верхняя губа под его носом никогда не просыхала.

Когда его в присутствии комиссии уложили на носилки, нос и верхняя губа были сухими. Чтобы добиться этого, мать Берэлэ, очень польщенная выбором сына для общественной пользы, полчаса заставляла его сморкаться в подол своего фартука.

И все бы, может быть, обошлось, если б с ним не стали проделывать всю процедуру искусственного дыхания по системе Сильвестра и Шеффера.

Рохл Эльке-Ханэс — она сдавала первой — грузно опустилась на колени у носилок, на которых лежал с открытыми бесовскими глазками Берэлэ Мац, взяла в свои могучие руки его тоненькие ручки и точно по системе стала поднимать их и опускать, как качают кузнечный мех. И Берэлэ действительно сделал глубокий вдох, а потом выдох. Вдох прошел удачно, и все погубил выдох. Вместе с выдохом из одной ноздри Берэлэ возник и стал все больше раздуваться многоцветный пузырь, пока не достиг размера шара “уйди-уйди”. Такого пузыря Берэлэ не выдувал даже при самом сильном насморке.

Представитель Красного Креста и Красного Полумесяца доктор Вайшинкер в своей многолетней практике ничего подобного не встречал, и ему сделалось дурно. Товарищ Лифшиц стала отпаивать доктора. Впопыхах она уронила в стакан изо рта несколько семечек, и доктор Вайшинкер, в довершение ко всему, ими подавился. Его долго молотили по спине своими могучими кулаками женщины с Инвалидной улицы и помогли ему прийти в себя, но после этого он пробыл на бюллетене из-за болей в спине.

Берэлэ Маца с носилок прогнали и уложили меня. Я был на полпуда тяжелее, со мной на носилках не очень разбежишься, но зато была полная гарантия относительно носа.

После истории с шариками "уйди-уйди" Берэлэ Мац не мог самостоятельно подняться со скамьи, на которой его сек отец. Его унесла на руках мама и, плача, уложила под одеяло, обвязав мокрым полотенцем голову и положив на спину и тощие ягодицы компрессы.

Берэлэ Мац был удивительно вынослив и живуч. Худенький, маленький, совсем заморыш, с торчащими в стороны большими, как лопухи, что растут под забором, ушами, с несоразмерным, до ушей, ртом, переполненным квадратными крупными зубами, лучший друг моего детства Берэлэ Мац, по кличке Мышонок, был воистину великим человеком. Его я даже не могу сравнить с известнейшими в истории страдальцами за человечество, как, скажем, Джордано Бруно или Галилео Галилей. Они терпели за абстрактные идеи, и народ их тогда не мог как подобает оценить. Берэлэ Мац творил благодеяния конкретные, понятные каждому и с радостью принимаемые всеми нами, и страдал за них постоянно и знал, что за каждым его новым поступком последует очередное возмездие. И не сдавался. А главное, не унывал.

Приглядитесь хорошенько к портретам Джордано Бруно и Галилео Галилея. У них в глазах написано эдакое страдание, жертвенность. Эти глаза как бы говорят: помните, люди, не забывайте, мы столько перенесли горя для того, чтобы вы не путались в звездах на небе и безошибочно могли ответить на экзамене, что земля вертится.

Берэлэ Мац не требовал от человечества благодарности. Он просто иначе жить не мог. Ему самому его поступки доставляли величайшее наслаждение. И если б сохранился для потомства хоть один его портрет, то на вас бы теперь смотрели озорные, шустрые глазки и под курносым мокрым носиком — улыбка во весь рот до самых ушей, торчащих как лопухи. И если бы Берэлэ дожил до наших дней и стал бы самостоятельным и не должен был бы воровать деньги, а имел бы свои собственные, как всякий приличный человек, то... У меня даже дух захватывает при мысли о том, что бы он мог сделать для людей. И как бы вообще сейчас выглядела вся наша грешная планета.

Но Берэлэ рано ушел от нас.

И потому нет рая на земле.

Я прошу будущих историков очень внимательно выслушать, что я дальше расскажу. И в списке высочайших подвигов на благо человечества найти место еще для одного. И быть объективными при этом. Не так, как в Большой Советской Энциклопедии. И не смущаться от того, что человек этот — увы! — еврей и имя его — Берэлэ Мац звучит не совсем по-итальянски, и родился он не где-нибудь среди благодатных холмов Тосканы, а на нашей Инвалидной улице.

Незадолго до второй мировой войны, когда в Советском Союзе уже стояли длинные очереди за хлебом, а чтобы купить велосипед, надо было три ночи спать у дверей магазина, в Москве торжественно открыли первую детскую железную дорогу. Это было чудо, а не дорога, и все газеты о ней писали и печатали фотографии, откровенно намекая на то, что капиталистическому Западу подобное и не снилось.

Представьте себе только на минуточку. Маленький, как игрушечный, паровозик и такие же вагончики. И в то же время все как у больших, у настоящих. И пар настоящий, и гудок, и движется паровоз без обмана, сам. Машинист паровоза и кондуктора — дети, одетые в настоящую железнодорожную форму. Пассажиры — исключительно нашего возраста, взрослым вход категорически воспрещен.

Можно было сойти с ума. Сталин — лучший друг советских детей, а заодно и советских железнодорожников, осчастливил московских пионеров, а про остальных... или забыл, или у него просто не хватило времени. Ведь он тогда вел всю страну к коммунизму. Нешуточное дело. Кругом столько врагов народа, сующих палки в колеса, и их надо беспощадно уничтожать. Неудивительно, что он мог в своих заботах и хлопотах забыть о нас, детях с Инвалидной улицы.

Исправить эту оплошность взялся Берэлэ Мац. Конечно, проложить железную дорогу по середине Инвалидной улицы было и ему не под силу. Тем более достать паровоз и вагоны. Я уже говорил, что в те годы велосипед купить было событием. Берэлэ Мац нашел свое решение, и оно было таким ослепительным, что наша Инвалидная улица, правда, ненадолго, но утерла нос самой Москве.

Была зима, и балагулы своими тяжелыми санями укатали снег на нашей улице глянцевитыми, скользкими колеями. Они вполне могли сойти за рельсы. В каждом дворе были детские санки, и, привязав одни к другим, можно было вытянуть длиннейший поезд. Недоставало только паровоза. Берэлэ попросил нас молчать и завтра утром со своими санками быть в полной готовности.

Меня он взял в ассистенты и на рассвете, свистом вызвав из дому на улицу, повел на городской базар. Всегда неунывающий, он показался мне в это утро немножечко смущенным. И не без причины. Берэлэ украл у соседей целых двадцать рублей. Имение — как говорила о такой сумме моя мама. Отец Берэлэ грузчик Эле-Хаим Мац ворочал на мельнице две недели тяжелые мешки, чтоб принести домой столько денег. Это был настоящий капитал. И у нас у обоих кружились головы.

Имея такой капитал в кармане, мы прошли, не дрогнув, мимо тележки мороженщика Иешуа, по кличке Иисус Христос, мимо ларька, где желтели этикетками бутылки сладкого ситро. Мы мужественно прошли мимо сотни соблазнов, расставленных на городском базаре, где — снег был усеян клочьями сена и дымящимися катышками навоза и стоял такой крик, как будто не торговались из-за лошадей, а резали человека.

Честно сознаюсь, я не осмелился сунуться к кому-нибудь с такими деньгами. Сразу отведут в милицию. Откуда у ребенка такие деньги? Берэлэ из-за своего роста выглядел намного моложе меня и тем не менее не струсил. Подмигнув мне и утерев рукавом нос, он исчез среди лошадиных хвостов, а я с замирающим сердцем остался ждать его.

Почему его не схватили, почему не отвели в милицию, какой сумасшедший продал ему коня — это для меня останется загадкой на всю жизнь, потому что мне было не до вопросов, когда я увидел Берэлэ Маца уверенно, как ни в чем не бывало, ведущего на веревке купленную лошадь. Я так ошалел в первый момент, что даже не совсем хорошо рассмотрел ее поначалу. Только потом, опомнившись, я разобрался, что то, что он купил, уже давно не было лошадью. Великий писатель Лев Толстой назвал бы ее “живым трупом”, и это было бы мягко сказано. Старая, умирающая на ходу кобыла, полуслепая, и кости на ней выпирали так, что казалось, вот-вот прорвут шкуру.

Теперь-то я понимаю, что за те двадцать рублей что-нибудь получше купить было невозможно. Но тогда я был уверен — Берэлэ жестоко обманули — и, не дыша, шел за лошадью следом, больше всего боясь, что она не, доковыляет до нашей улицы и упадет и сдохнет по дороге.

Мой же друг Берэлэ Мац сиял от удовольствия. На худую шею кобылы была накинута толстая веревка, и Берэлэ держал в руке ее конец и торжественно шагал впереди кобылы по самой середине улицы, и редкие прохожие в недоумении оглядывались на нас.

Был выходной день. В такой день мужчины с Инвалидной улицы поздно отсыпались, а их жены в этот час еще рали глотку на базаре, торгуясь с крестьянами за каждую копейку. Только поэтому мы смогли, никем не остановленные, добраться до дому.

Я побежал за санками. И все сорванцы притащили свои. Санок не было только у Берэлэ Маца. Его отец считал санки баловством и недозволенной роскошью. Поэтому Берэлэ Мац был единогласно назначен машинистом. С нашей помощью он вскарабкался по лошадиным ребрам на колючий хребет, натянул веревку, заменявшую повод. Из его зубастого рта вырвался хриплый, ну совсем настоящий паровозный гудок, и длиннющий поезд из двадцати санок тронулся по самой середине Инвалидной улицы.

Мы млели, мы выли, мы скулили от наслаждения. И больше всех наслаждался наш машинист Берэлэ Мац, гордо и деловито восседавший на шипах конского хребта как человек, сделавший доброе дело и теперь с удовлетворением взиравший на дело рук своих. Время от времени он издавал паровозный гудок и вдобавок еще шипел, как пар, вырывающийся из-под колес. Для полного правдоподобия не хватало только дыма из трубы, но наш "паровоз", очевидно перекормленный хозяином перед продажей, извергал из-под хвоста столько дымящихся шариков навоза — они падали на меня, потому что я был на передних санках на правах помощника машиниста, — что все выглядело почти как на настоящей железной дороге, и наше счастье, прорывавшееся в безумных воплях, казалось беспредельным.

Но, к сожалению, всему есть предел.

Наши полоумные визги подняли на ноги всю улицу. Последним, отстегивая на ходу ремень, вышел мрачный грузчик Эле-Хаим Мац.

Чем это кончилось, вы сами понимаете. В тот раз Берэлэ отделали так, и он кричал так громко и так жалостно, что его мать Сарра-Еха, стоически выдержавшая все прежние экзекуции, упала без чувств, а в соседних домах женщин отпаивали валерьянкой.

Достойно внимания лишь следующее. Отведя душу, как никогда, на своем отпрыске, отец Берэлэ грузчик Эле-Хаим повел коня на живодерню и был еще рад, что там ему дали за него 5 рублей. Дали только за шкуру. Остальные пятнадцать Эле-Хаим Мац доложил из своего кармана и вернул Нэяху Марголину двадцатку, исчезнувшую у того, когда в доме недоглядели за вошедшим на минутку Берэлэ. Нэях Марголин деньги взял, но и потребовал в придачу, чтобы Эле-Хаим Мац извинился перед ним за своего сына. Это было уже слишком. Эле-Хаим никогда не извинялся и не знал, что это такое и, как говорится, с чем его едят. Но Нэях Марголин настоял на своем, и несчастный Эле-Хаим Мац после этого лишился аппетита и неделю не мог смотреть не только на хлеб, но даже и на сало.

О моем друге Берэлэ можно рассказывать всю ночь, пока все не свалятся от усталости. И даже тогда будет рассказано далеко не все. Но я ограничусь еще одной историей, из которой будет видно, на какие дела он был способен.

Когда я говорил, что он был маленький и худенький, то вы, наверное, подумали, что он был хлипким и слабым. Как говорится, отнюдь нет! Хоть он происходил от чужой женщины, отец-то его Эле-Хаим был наш человек, с Инвалидной улицы. Берэлэ был здоров как бык и ловок как бес. Вот о его ловкости я и хочу рассказать.

Сколько я себя помню, в нашем городе всегда была проблема с хлебом. То его продавали по карточкам, только норму, то при очередной победе социализма в нашей стране карточки ликвидировались, и хлеба можно было покупать сколько душе угодно, но при одном условии: предварительно выстояв по многу часов в длиннейшей очереди. К тому времени, о котором я хочу поведать, а было это накануне второй мировой войны, хлеба снова стало не хватать, но карточной системы еще не ввели. Продавали только одну буханку хлеба в одни руки, а одна буханка хлеба на Инвалидной улице — это на один зуб. Но добро бы так. Приходи и получай в свои одни руки свою одну буханку хлеба. Как говорится, держи карман шире. Может быть, вы бы еще хотели, чтобы вам при этом сказали “спасибо”?

А вы не хотите занять с вечера на морозной улице очередь возле магазина и мерзнуть до восьми часов утра, когда откроют магазин, чтобы не быть последним, потому что последним вообще хлеба не доставалось.

Зима тогда стояла жуткая, мороз доходил до 40 градусов по Цельсию, и все мичуринские деревья в саду у балагулы Нэяха Марголина вымерзли до единого. Я хорошо помню ту зиму, потому что тогда шла советско-финская война. Это была репетиция перед большой войной. Но на эту репетицию забрали всех молодых парней и даже мужчин с нашей улицы, и один из них даже умудрился не вернуться живым. Как говорится, пал смертью храбрых.

Подумать только, маленькая, крохотная Финляндия, страна, извините за выражение, которую на карте не заметишь, вздумала угрожать нашему легендарному городу, колыбели революции — Ленинграду. Советский Союз, естественно, должен был проучить ее, эту Финляндию. И ка-ак размахнется! Ка-ак стукнет! И, как говорится, мимо. Кроха Финляндия не только не сдавалась, но и крепко покусала своего большого соседа. Это было уму непостижимо. Мы, которые летаем быстрее всех, мы, которые летаем выше всех, и мы, которые, наконец, летаем дальше всех, ничего не могли сделать с этими упрямыми белофиннами.

Мальчики с Инвалидной улицы были готовы порвать Финляндию на куски. Но что могли поделать мы, люди несамостоятельные, когда вся страна от Тихого океана до, как говорится, Балтийских морей целую зиму, истекая кровью, билась головой об стенку, то есть об линию Маннергейма, и ни с места. Говорят, что эта страна, Финляндия, еще существует до сих пор и никакая зараза ее не берет.

Все может быть. Я сейчас верю чему угодно. К одному только не могу привыкнуть, что хлеба можно достать без очереди и купить сколько душа пожелает. Это кажется необыкновенным, волшебным, как в сказке. И если Вы, слушая мои слова, недоверчиво пожимаете плечами, то это только от того, что вы не стояли морозной ночью за хлебом на Инвалидной улице.

Уже вечером к магазину начинали стекаться люди, одетые, как ночные сторожа, в тулупы, валенки, укутанные в толстые платки, и мерзли до утра. И при этом жестоко ссорились, подозревая каждого в подвохе и бдительно следя, чтобы очередь соблюдалась. К восьми утра вырастала огромная черная толпа, окутанная паром от дыхания и обросшая белым инеем на бровях и усах, у нас многие женщины были усатыми, как маршал Буденный, и все люди выглядели ну точно как новогодние деды-морозы. Кроме наших, еще набегали колхозники из соседних деревень. Там хлеба вообще не продавали.

Когда, наконец, со скрипом отпирали двери магазина, от очереди и следа не оставалось. Все смешивалось в настоящий муравейник, трещали кости, визжали бабы, густо матерились мужики, потные разгоряченные люди давили друг друга так, что я до сих пор удивляюсь, почему не было жертв. Видать, это происходило из-за того, что человека с нашей улицы не так-то легко задавить. Толпа штурмом брала узенькие двери, там создавалась пробка из рук, ног, задов и голов с выпученными глазами, и первые пять минут ни один человек не мог прорваться в магазин.

Вот этими-то пятью минутами умудрялся воспользоваться Берэлэ Мац. Приличные матери были готовы умереть с голоду без хлеба, но своих детей в такую бойню не посылали. Мать Берэлэ — Сарра-Еха, очевидно, не слыла приличной матерью. Единственным добытчиком хлеба для всей семьи был маленький Берэлэ, по кличке Мышонок.

Вы, конечно, не поверите, но он приносил не одну буханку хлеба, как полагалось в одни руки, а две. И не стоял с вечера у магазина. И не мерз ночью. А спокойно спал себе в кровати, над изголовьем которой отец — грузчик Эле-Хаим вешал на ночь на гвоздик, что подпирал портрет Ворошилова, кожаный ремень, как говорится, чтоб всегда был на виду и всегда под рукой.

К магазину он приходил вместе с мамой, маленький, неприметный, укутанный, как девочка, в платок, за несколько минут до открытия, когда уже очереди и в помине не было, а бурлила большая озверевшая толпа. Мама столбенела при виде этого кошмара, а он стоял и держал ее руку совсем как ребенок, и только глазки его из-под маминого платка цепко шарили по толпе.

Когда ровно в восемь двери магазина распахивались и под напором человеческих тел там сразу возникала пробка, Берэлэ дергал маму за руку. Это возвращало ее к реальности. Она кряхтя и каждый раз с недобрым предчувствием поднимала своего сыночка, подсаживала его на спину крайнему человеку в толпе, и дальше Берэлэ все делал сам. С ловкостью не акробата, — акробат рядом с ним мало каши ел — а как обезьяна Чита из кинофильма “Тарзан”, Берэлэ пробегал над толпой, отталкиваясь ногами от чужих плеч и голов. Прямо по шапкам, по платкам. И, пока люди разбирались что к чему, он уже добегал по их головам до дверей и нырял в узкий просвет, что оставался между притолокой и головами. И получал хлеб первым. Одну буханку. Вторую он брал, пропустив несколько человек вперед и снова став в возникшую у прилавка очередь. А потом бежал в школу и приносил оттуда исключительно пятерки по всем предметам.

Слухи о том, как маленький Берэлэ добывает своей семье хлеб, скоро стали достоянием всей улицы. В нечестности его никто не упрекал. Боже упаси! На нашей улице ловкость ценилась и была в почете. Волнение вызывало совсем иное. Ведь Берэлэ Маца ни в одном доме, кроме как шкодой, хулиганом, вором и босяком, никто иным словом не называл, и своих детей от него берегли как от заразы. Теперь начинали петь поиному. У людей дети как дети, добытчики, помогают родителям, приносят хлеб в дом, а наши могут только жрать. Это говорила моя мама, не глядя мне в глаза, а так, в пространство, и имела в виду меня. Потому что братьев у меня не было. И говорилось это все чаще и чаще. И по-прежнему не глядя в глаза, а в пространство. Потому что она была приличной матерью и жалела мои бедные косточки, а с другой стороны, почему другим людям повезло и у них такие дети, как Берэлэ Мац.

На Инвалидной улице для каждого ребенка мама была — Бог. И моя для меня тоже. Я ее понял. И решил попытать счастья. Но не один, а с Берэлэ Мацем. Рядом с ним, может быть, и мне повезет, и я вернусь живым и с буханкой пахучего хлеба.

Мы пришли к магазину без десяти минут восемь. Очереди уже, как всегда, не было, бурлил живой водоворот. Сарра-Еха, мать Берэлэ, с нами не пошла. Ведь подсадить его на чужую спину мог и я.

Но нам не повезло. К Берэлэ уже давно пригляделись и теперь опознали.

— Хулиган! Шкода! Вор! Босяк! Чтоб твоего духу здесь не было!

3 – 7872

На него кричали со всех сторон и все поворачивались к нему лицом, а не спиной, которая так нужна была, чтоб, взгромоздившись на нее, потом бежать по плечам и головам и юркнуть в двери магазина.

На сей раз, как говорится, номер не прошел. Моя мама потом говорила, что это все из-за меня. Потому что я шлимазл и мне вечно не везет. Это ошибка природы, говорила мама, что я родился на Инвалидной улице, да еще в такой приличной семье. В общем, мне не повезло, не повезло и Берэлэ, который имел неосторожность со мной связаться.

Я приуныл и был сам не рад, что пошел. Другое дело — Берэлэ. Он и на сей раз не растерялся. Улыбаясь до ушей, но с очень серьезными глазками он минуту оценивал обстановку, и крохотный его лобик от напряжения сморщился и исчез совсем. Остались одни брови.

— Идем со мной, — сказал Берэлэ Мац и взял меня за руку. Мы отошли на почтительное расстояние от толпы, уже бравшей штурмом открытые двери магазина, затем свернули в какой-то двор и через забор вышли в тыл противника. Здесь, с другой стороны магазина, было сравнительно тихо. Лишь с улицы доносились малахольные вопли. В задней стене было окно с толстой железной решеткой, а в самом низу окна форточка, распахнутая настежь, и в нее был всунут конец полукруглого деревянного желоба. Другой конец, поднятый повыше, лежал на полу фургона, в котором балагула привез свежий хлеб. Вкусно пахнущие, коричневые буханки с темной поджаренной корочкой одна за другой скользили по желобу в форточку и исчезали в гудящем чреве магазина.

Балагула швырял буханки охапками, и, пока набирал следующую, желоб на момент пустел. Этого оказалось вполне достаточно для Берэлэ. Бросив мне на руки мамин платок и пальто, он вскочил в желоб, вытянулся в нем как покойник — руки по швам, ногами вперед — и как пуля влетел в форточку, а вслед за ним покатились буханки хлеба из следующей охапки.

О том, что он остался жив и все идет как по маслу, я понял через полминуты, когда из гудящего, как улей, нутра магазина послышался притворно хнычущий вопль моего друга:

— Не душите ребьёнка!

Берэлэ Мац вынес две буханки хлеба и одну честно отдал мне. Хотя, если быть справедливым, я на нее не имел никакого права.

Не знаю, каким человеком я бы вырос, не будь в детстве рядом со мной такого товарища. Я был бы злее и нетерпимей к людям. Я был бы сухим человеком. Я был бы... Не знаю, каким я был бы. Но одно знаю твердо: что был бы намного хуже, чем я есть. Ни учителя в школе, ни родители дома не оказали на меня такого влияния, как мой маленький друг с оттопыренными ушами и с полным ртом квадратных зубов, из-за чего он губ не мог сомкнуть и дышал не через нос, как положено нормальному человеку, а через рот, что, как известно, вредно для здоровья, потому что можно легко простудить горло. Тем не менее он на моей памяти никогда не болел, а я зимой часто ходил с перевязанным горлом, хотя дышал, как положено, через нос.

— Необъяснимые загадки природы, — как говорил самый умный человек на нашей улице балагула Нэях Марголин. — В мире еще много таких загадок.

Теперь, став взрослым, я понимаю, что мой друг Берэлэ Мац обладал удивительным даром понимать людей и прощать им ошибки.

Меня он уберег от страшного греха. От ненависти к собственному отцу. И за это я буду ему благодарен до конца своих дней.

Мне в детстве не очень повезло с отцом. Нет, я не был сиротой. Отец у меня был. Но можно сказать, не покривив душой, что у меня не было отца.

Я жил с отцом в одном доме, обедал с ним за одним столом, даже был похож на него, но это ничего не меняло. Я не чувствовал, что у меня есть отец. Он не замечал меня, как не замечал стул в комнате, когда не хотел садиться, или пепельницу на столе, когда не курил.

А мальчику очень нужен отец. Сколько бы мама его ни целовала, сколько бы тетки ни пичкали его конфетами и печеньем, ему все равно нужен отец. Нужен мужчина, которому хотелось бы подражать. Нужен кто-то, кем он мог бы гордиться, кровной близостью с кем он мог бы козырять перед своими товарищами.

Моим отцом можно было гордиться мальчишке. Не у каждого из моих сверстников был такой отец, и когда мне особенно везло — я шел рядом с ним по нашей улице и пылающей кожей чувствовал завистливые взгляды мальчишек.

Его знали во всем городе, и мне всегда было лестно, когда кто-нибудь говорил обо мне с почтением: “Да это ведь сын такого-то...”

Отец мог сделать меня своим преданнейшим другом, прояви он хоть каплю внимания ко мне. Ну хотя бы положи он ласково свою ладонь на стриженую макушку моей головы.

Но он глядел сквозь меня, занятый службой и своими недоступными моему уму делами. А когда я попадался ему на глаза и смотрел выжидающе, как собачонка, нетерпеливо ждущая, повиливая хвостиком, когда ей бросят со стола лакомый кусочек, он обходил меня, как обходят неуместно подвернувшийся под ноги предмет.

Нет, он не был плохим человеком. Он не был жесток. Сослуживцы его любили и считали добрым и внимательным. Я даже не могу сказать, что он меня не любил. Просто не принимал всерьез. Этот мальчик с круглыми глазами и большой головой, стриженной наголо, еще не созрел для того, чтобы относиться к нему как к человеку, способному страдать и тихо плакать от душевной боли.

Однажды я получил от него удар, который мог оглушить быка. Но выжил и не стал его лютым врагом только потому, что рядом оказался мой верный друг Берэлэ Мац.

Отец не ударил меня. Он вообще никогда меня не бил. Даже когда я заслуживал. Наказывала обычно мать. У отца для этого не было времени. Удар, который он нанес мне, был иного рода. Плевок в душу. Незаслуженный, оскорбительный. После чего свет становится не мил и человек теряет всякое желание жить дальше.

В те годы было модно устраивать весной за городом массовые гулянья, пикники на много тысяч человек. Рабочий праздник. Маевка. Потому что это происходило в мае.

Мы, дети, особенно любили этот праздник. Места вокруг нашего города были — лучше не придумаешь. Большая спокойная река с песчаными берегами. Купайся сколько душе влезет, а потом вались в золотой песок и загорай на ласковом солнышке. Что еще нужно человеку, чтобы быть счастливым? А если тебе и этого покажется мало для полного счастья, то вот, пожалуйста, добавочное удовольствие: пароходики, шлепающие по воде деревянными планками большущих колес. Эти колеса вертятся по обоим бортам парохода в водной пыли и брызгах, пуская многоцветные радуги, и очень похожи на мельничные колеса. Но с той разницей, что мельничные колеса хоть и вертятся, а стоят на месте, как и вся мельница, посыпанная, как пудрой, мукой до самой крыши, а пароходные колеса движутся, вертясь, и оставляют за собой на всю ширину реки, как длиннющие седые усы, пенистую волну.

Вот в эту волну мы и ныряли, и пена кипела над нашими головами, точь-в-точь как море, которое мы видели только в кино и на картинах художника Айвазовского, копии с которых висели почти в каждом еврейском доме. Это потому, что мы жили глубоко-глубоко в Евразийском континенте, и до моря от нас в любую сторону, и на север и на юг, надо было ехать поездом не меньше суток. У наших родителей была тоска по морю, и они покупали морские пейзажи художника Айвазовского и вывешивали их на видном месте, отчего за обедом, когда я подолгу заглядывался на бушующие волны, меня даже начинало подташнивать, и мама, обиженная тем, что я не оценил прелесть приготовленного ею обеда, давала мне подзатыльник и выставляла из-за стола.

Наша река с обеих сторон была окружена дремучими сосновыми лесами с мягким пружинящим мхом на земле и огромными резными листьями папоротников. Это напоминало нам, детям, таинственные джунгли, тем более что в лесу всегда был полумрак — солнце не могло пробиться сквозь густые сцепившиеся верхушки сосен. Только на полянах было светло. Солнце там сверкало так, что можно было ослепнуть, выйдя из леса, и вся земля, вместо мха, была покрыта травой. А в траве — цветы. Красные, белые, желтые, синие. Ковер! Но попробуй найди в продаже ковер такой красоты! Ни за какие деньги не найдешь! И похуже тоже не найдешь. Нет в магазинах в продаже ковров. И других красивых вещей тоже нет. Дефицит. Потому что мы, советские люди, строим коммунизм и все силы уходят на это строительство, а на выпуск товаров, нужных людям, сил и средств не хватает. Тут уж как в поговорке: одно из двух. Или тебе товары, или коммунизм. Сталин выбрал коммунизм, и страна единогласно его поддержала. А кто не поддержал, того убрали. Ликвидировали как врага народа. Поэтому нет в наших домах ни ковров, ни многого другого, а у Сталина в Кремле висит на стене большой ковер. Я думаю, что специально повесили, чтобы пустить пыль в глаза иностранцам.

Так, о чем же я хотел рассказать? О маевке. Правильно. Маевку устраивали на большой поляне в лесу и рядом с рекой. Чтоб с одной стороны можно было вдоволь дышать кислородом, которого полно в сосновом лесу, а с другой, — купаться сколько душе угодно в реке.

Это был самый красочный и нарядный праздник нашего детства. С утра в лес уходили из города колонны людей, одетых как на свадьбу, и громко пели всю дорогу революционные песни. А тех, кто раньше времени успевал выпить и потому уставал очень быстро и даже падал, сажали на телегу и везли сзади, за колоннами. Пьяные, обнявшись, качались на подводах и роняли на землю красные банты, которые им шпильками прикрепляли к пиджакам заботливые жены. И тоже пели. Но невпопад с колонной, и поэтому становилось очень шумно и особенно весело.

Среди колонн двигались грузовые автомобили со снятыми бортами, и на них были установлены турники и параллельные брусья. Наши городские гимнасты, одетые как куколки, на полном ходу крутили "солнце" на турниках и выжимали стойку на брусьях. А машина едет по неровной дороге, и турники и брусья качаются. Высший класс!

В лесу надрывались оркестры. Кувыркались свои, фабричные, клоуны, которые ничем не уступали цирковым профессионалам. Прямо на траве боролись борцы, а боксеры дрались без ринга и потому гонялись друг за другом, махая большими перчатками, по всей поляне, заставляя визжащую публику отшатываться и расступаться, и порой кончали поединок далеко в лесу, без судей и свидетелей и возвращались на поляну с багровыми синяками на скулах и расквашенными носами.

Посреди поляны гимнасты своими телами выложили на траве гигантские слова лозунга — "Да здравствует Сталин — лучший друг советских физкультурников".

Штангисты выжимали, как игрушки, двухпудовые чугунные гири, и бицепсы на их руках вздувались каждый раз до размеров этих гирь. Выжимали по двадцать и даже тридцать раз, а один раз — это сделал старший брат моего друга Берэлэ Маца — тридцать три раза. Мы оба, я и Берэлэ, считали вслух, не доверяя судье, и можем клятвенно подтвердить, что рекорд нашего города принадлежит Мацу-старшему.

Сияла медь оркестров, изрыгая громы советских маршей, евреи рвались к канатам, как дети, и размахивали красными флажками с серпом и молотом. Они бурно ликовали в тот день, словно чуяли, что ликуют в последний раз, потому что скоро началась война и в город пришли немцы. А как это отразилось на евреях, известно всем.

Но тогда мы еще этого не знали и потому были счастливы, как только могут быть счастливы двое мальчишек с Инвалидной улицы. А я был счастливее всех на этой маевке, и все мальчишки, знавшие, кто я такой, поглядывали на меня с трудно скрываемой завистью. Потому что... Потому...

Потому что самым главным человеком на этом празднике, которому подчинялись все эти колонны и по знаку которого гимнасты, полежав на траве в виде лозунга "Да здравствует Сталин — лучший друг советских физкультурников", вскакивали все вместе и перестраивались в пирамиду в виде огромной звезды, а потом снова рассыпались, чтоб превратиться в живые серп и молот — эмблему пролетариата, — этим волшебником был мой родной отец.

В белом полотняном костюме, в белых парусиновых туфлях, начищенных зубным порошком, и в белой фуражке — весь в белом стоял он один в центре поляны со сверкающим рупором в руке, и тысячи людей не сводили с него глаз и ждали его громких команд, усиленных этим рупором.

Мой друг Берэлэ Мац стоял рядом со мной у канатов, которыми центр поляны был отгорожен от напирающей публики, и он тоже был горд уже хотя бы по той причине, что жил на одной улице с моим отцом. Что уж говорить обо мне? Я же жил с отцом под одной крышей, носил его фамилию и даже немножко был похож на него. Но кто знал это? Берэлэ и еще дюжина мальчишек с нашей улицы. А вот эти тысячные толпы, с восторгом поедающие глазами моего отца, представления не имеют о том, кто я такой, и безжалостно давят меня своими распаренными телами и прижимают к канату так, что вот-вот канат перережет меня пополам.

Жаждущая зрелищ толпа даже не подозревает, кем приходится ее кумиру этот стриженный наголо мальчик, казалось бы ничем особенно не приметный. Скромный. А ведь он родной, кровный сын знаменитого человека, повелевающего всем праздником.

И мне мучительно, до колик в животе и беспричинных слез в глазах, захотелось погреться в лучах отцовской славы, стать с ним рядом и даже взяться за его руку на виду у тысяч людей, чтобы все сделали для себя ошеломляющее открытие о том, кто я в действительности такой. И я вдруг нырнул под канаты и с остановившимся сердцем помчался по зеленой траве и цветам к центру поляны, где стоял Он с серебристым рупором у рта.

Я чувствовал на себе тысячи взглядов, недоуменных и удивленных, как если бы по зеленой поляне, огражденной от публики для спортивных выступлений, вдруг побежал бы, мелькая короткими ножками и мотая спирально свернутым хвостиком, случайно забредший сюда поросенок. И поэтому я мчался, работая локтями, во весь дух, чтоб успеть, пока не спохватились милиционеры и не погнались за мной, подбежать к отцу, стать рядом с ним, задохнувшись от бега, и увидеть, как толпа, прозрев, ахнет, догадавшись наконец, кто я такой. А если вдруг отец, услышав ликующие вопли толпы, смягчится, и, проникнувшись отцовской любовью, подхватит меня под мышки своими сильными руками, от которых пахнет табаком, и посадит меня на свое плечо, я вообще умру на месте, потому что сердце мое лопнет от радости.

Вот так, ликуя, я мчался к отцу и уже был в двух метрах от него, раскинув руки, чтоб прижаться к нему, обняв его колени, как услышал вдруг его голос, полоснувший меня, как удар кнутом по лицу:

— Пшёл вон!

Это услышал только я. Потому что отец отнял рупор ото рта, и до толпы за канатами его слова не долетели.

Я споткнулся на полном ходу, словно мне подставили подножку, но не остановился. Продолжал бежать, не замедляя хода. Уже мимо отца, по другой стороне поляны. И услышал многократно усиленный рупором голос отца, что-то объявлявшего публике.

А я бежал к другим канатам, где тоже теснились зрители, и они встретили меня улюлюканьем и насмешками, точь-в-точь как поросенка, заблудившегося среди людей и мечущегося в поисках лазейки для укрытия. Я юркнул в толпу и, протискиваясь между распаренными телами, выскочил в лес, пружиня ногами по мху и раздвигая руками листья папоротников.

Сзади играл духовой оркестр, и в ритме вальса голос моего отца вел счет для гимнастов, выстраивавших своими телами новую пирамиду.

— Раз, два, три. Раз, два, три. Раз, два, три...

Мох принял меня в свою мягкую перину, а листья папоротника совсем закрыли меня, упавшего ничком, от постороннего глаза. Здесь я заплакал и в бессильном гневе замолотил кулаками по мху, пробивая его до сырого основания.

Я был один. И никто не был мне нужен. Я ненавидел весь мир. И больше всех — моего отца.

Но был один человек, который не оставляет друга в беде. Берэлэ Мац. Он все видел и понимал, как мне сейчас тяжело. И, хоть ему очень хотелось посмотреть, какие диковинные пирамиды будут выстраивать гимнасты, благо место у него было у каната, он ринулся искать меня. Обежал поляну за толпой, и, углубившись в лес, навострил свои большие уши-лопухи, и, как охотник-следопыт, различил среди птичьего гомона мое горестное поскуливание и всхлипывание.

Он раздвинул листья папоротника, сел рядом со мной в мох и глубоко-глубоко вздохнул, и это было лучше любых сочувственных слов. Я сразу перестал плакать и поднял к нему опухшее от слез лицо.

— Когда я вырасту,— сказал я, глядя ему в глаза,— и меня возьмут в армию и научат стрелять из всех видов оружия, я привезу домой пулемет “максим”, поставлю его • на обеденном столе и, когда он появится на пороге столовой, открою огонь и буду стрелять до тех пор, пока не выпущу последний патрон.

Я не отважился назвать того, в кого я собирался стрелять, но нам обоим, без слов, было ясно, кого я имел в виду.

Берэлэ долго, не моргая, смотрел на меня, и я — не выдержав, отвел глаза.

— То-то,— сказал с грустью Берэлэ. — Только сгоряча можно такое сказать. А теперь небось самому стыдно?

— Не стыдно, — не сдавался я.— Мне нисколько не жаль его. Он меня не любит. За что мне его жалеть?

— Он тебя любит. Спорим?

— Не любит, — настаивал я. — Я лучше знаю.

— Спорим? Ладно, не надо спорить. Скоро ты сам убедишься. Только лежи тут без движения с закрытыми глазами. Как будто ты умер. Договорились? Я скоро вернусь. Лежи, как труп.

Он неслышно убежал по мягкому мху, а я зажмурил глаза и даже руки сложил на груди, как покойник.

Скоро я услышал шумное дыхание бегущего человека и голос Берэлэ:

— Он где-то тут лежит.

Берэлэ вернулся вместе с моим отцом. Мой друг пошел на отчаянный шаг, чтобы пробудить в моем отце отцовские чувства. Он проделал то же, что и я. Прошмыгнул под канатами и бегом пересек поляну, где гимнасты как раз перестраивались в новую, очень сложную пирамиду. Подбежав к моему отцу, он крикнул:

— С вашим сыном беда. Он лежит в лесу и не дышит.

И мой отец, громко, через рупор считавший под звуки вальса “Раз, два, три...”, уронил рупор в траву, и его загорелое лицо стало белым, как его парусиновые туфли, начищенные зубным порошком.

— Где он?

Берэлэ только головой кивнул, приглашая отца следовать за ним, и побежал через поляну, а мой отец большими прыжками — за ним.

Они бежали под вальс, потому что оркестр продолжал играть, а гимнасты, выстроив пирамиду, продолжали держаться друг за друга и висеть в воздухе с дрожащими от напряжения руками и ногами, не смея без команды рассыпать пирамиду. А команду подать было некому, потому что серебристый рупор валялся в траве, а мой отец в белой фуражке, в белом костюме и в белых туфлях и с таким же белым лицом скрылся вслед за Берэлэ за толстыми стволами сосен.

Я лежал на спине с зажмуренными глазами и сложенными на груди руками. Так, по моим представлениям, должен был лежать мертвец. Мох только на первый взгляд казался мягким. В нем торчали полусгнившие сухие сучки, упавшие с верхушек сосен, и они немилосердно кололи мне спину. Но я проявил завидное терпение и лежал не шевелясь. Даже комар, забравшийся под широкие листья папоротника и с заунывным воем повисший над моим носом, тоже не сумел оживить меня. Я лишь осторожно дул, выпятив нижнюю губу, чтоб отогнать его от носа.

Сквозь смеженные ресницы я увидел отца, опустившегося на колени в мох, и подумал, что его белые брюки погибли — на них появятся грязные зеленые пятна. А мой отец был очень аккуратным человеком, и если он не подумал о брюках, опускаясь на колени в сырой мох, значит, он был очень взволнован.

И тут произошло чудо, которого я ждал всю свою жизнь — мой отец поцеловал меня. Я чуть не заорал от радости и с немалым трудом удержал слезы, готовые брызнуть из-под моих смеженных ресниц. Мой отец сухими губами потрогал мой лоб. Так обычно любящие родители проверяют, нет ли у их ребенка температуры. В нашей семье таких телячьих нежностей не было и в помине. Мне температуру измеряли только термометром, сунув его холодное стеклышко под мышку.

Короткое прикосновение сухих губ отца к моему лбу я воспринял как самый пылкий горячий поцелуй.

— Он дышит, — сказал отец. — Это обморок. Перегрелся на солнце. Его надо отвезти домой.

— Правильно, — согласился Берэлэ Мац.

Я лежал с закрытыми глазами, стараясь дышать незаметно.

Отец поднял мое безвольно поникшее тело. Мои руки и ноги свисали плетьми, а большая стриженая голова моталась на тонкой шее, как неживая, — так здорово я вошел в роль. Он понес меня, как маленького ребенка, бережно прижимая к груди, и его белые парусиновые туфли, начищенные зубным порошком, окрасились в зеленый цвет, потому что глубоко уходили в мох при каждом шаге.

На поляне, где как ни в чем не бывало играл духовой оркестр, нас окружила сочувственная и любопытная толпа и закидала отца вопросами:

— Что с ребенком?

Вместо отца отвечал мой друг Берэлэ Мац:

— Ничего страшного. У ребенка солнечный удар.

— Ах, уж эти дети, — опечалилась толпа. — От них больше неприятностей, чем радости. В такой день, когда все веселятся от чистого сердца и его отец в центре внимания, он берет и хватает солнечный удар! Так стоит после этого иметь детей?

Теперь уже не отец, а я был в центре внимания, и моя голова, свисавшая через локоть отца, кружилась от счастья.

Берэлэ Мац шел впереди и прокладывал нам дорогу строгими окриками:

— Дайте дорогу! Ну, чего не видели? У ребенка всего лишь солнечный удар.

— Всего лишь? — разочарованно вздыхали в толпе, неохотно расступаясь. — А шума столько, как будто в самом деле что-то случилось.

Это было только началом счастья. Потом оно росло, как снежный ком, который скатывают с горы, и переполнило меня настолько, что я до сих пор не понимаю, как я все это выдержал и не лопнул от радости. Берэлэ разделил это счастье со мной почти поровну.

Домой мы поехали на мотоцикле. Черном, блестящем, как лакированный, и нестерпимо сияющем никелированными рукоятками и ободком на передней фаре. Марки "Иж". На весь огромный Советский Союз, у которого от западной границы до восточной десять тысяч километров и надо ехать две недели скорым поездом, выпускались тогда мотоциклы одной-единственной марки "Иж" и в таком ограниченном количестве, что на весь наш город приходилось три штуки. И одна из этих штук была у моего отца. Правда, не совсем его собственная, а казенная. Но он на нем ездил, когда хотел, а все остальное время мотоцикл стоял в гараже, запертый большим амбарным замком.

Когда мой отец проезжал на мотоцикле по городу, мальчишки с воплями бежали за ним, с наслаждением вдыхая синий вонючий дым, которым стреляла выхлопная труба. А семейные пары, степенно прогуливавшиеся по тротуарам, завистливо и с уважением провожали его глазами. Только дамы, ни черта не смыслившие в технике, морщили длинные еврейские носики и кружевными платочками отгоняли дурные запахи.

Домой мы поехали на мотоцикле. Я уже к тому времени сделал вид, что мне легче, и даже открыл глаза, но все еще жаловался на слабость и головокружение. Лицо у отца перестало быть белым, вернулся загар. Белой оставалась только фуражка. Брюки на коленях почернели, потому что к болотной зелени добавилась серая пыль.

4 – 7872

Меня отец посадил впереди себя, на бензиновый бак, и бицепсами рук подпирал меня с боков, когда взялся за руль. Сзади оставалось свободным сиденье для пассажира, и Берэлэ не сводил с него завороженного взгляда.

— Пусть он тоже поедет с нами,— слабым голосом сказал я, и мой отец ни единым словом не возразил. Он не пригласил Берэлэ, а просто промолчал. А, как известно, молчание — знак согласия, и Берэлэ знал не хуже других эту истину. Он не стал дожидаться особого приглашения и, как обезьяна, проворно взобрался на сиденье и руками обхватил плечи отца, чтоб не свалиться на ходу.

На руле торчало круглое зеркальце, повернутое назад, чтоб водитель мог видеть, что делается сзади, и теперь я мог перемигиваться в это зеркальце с Берэлэ и видеть его счастливейшую улыбку до ушей с огромным количеством квадратных зубов, а также одно оттопыренное ухо моего друга, которое пылало как пламя и могло свободно заменить красный сигнальный фонарик.

Мы мчались втроем на мотоцикле во весь дух. Я даже не мог разглядеть лиц встречных и насладиться выражением зависти в их круглых глазах, потому что все мелькало, и вместо лиц проносились, как метеоры, белые пятна. На поворотах мотоцикл с ревом наклонялся, и мы наклонялись вместе с ним, и казалось — вот-вот упадем. Крепкие руки отца удерживали меня от падения. Для большей прочности он прижимал своим подбородком стриженую макушку моей головы. Я от этого чувствовал себя в полной безопасности не только на мотоцикле, но и вообще в жизни и млел от счастья.

На нашу Инвалидную улицу отец въехал с особым фарсом, заложив такой крутой вираж, что мы все трое чуть не лежали в воздухе, горизонтально к земле. И если б под колесами была земля, я уверен, все обошлось бы благополучно, но на этом углу была впадина, заполненная дождевой водой. Дождь прошел тут, когда мы были за городом на маевке, и отец никак не ожидал, что его ждет впереди лужа.

Слава Богу, лужа была глубокой, и мы не ударились о булыжники. Но искупались мы в грязи с ног до головы. Все трое. И отец, и Берэлэ, и я. А мотоцикл не заглох. Он лежал на боку, как подстреленный зверь, и вертел колесами и попыхивал дымком из выхлопной трубы.

Когда мы все трое, похожие на чертей, предстали перед моей мамой, она моего отца узнала довольно быстро, а кто — я, а кто — Берэлэ никак не могла определить. Но когда определила, сказала с горестным вздохом:

— От этого мальчика всегда одни несчастья. Кто с ним свяжется — пропащий человек. Неужели ты не можешь найти себе приличного товарища?

Это говорила моя мама, которая была уверена, что она разбирается в жизни.

Действительно, в природе еще много неразгаданных загадок.

На нашей улице попадались всякие люди. У приличного, самостоятельного человека балагулы Меира Шильдкрота был брат Хаим. Рыжий и здоровый, как и его брат, Хаим был непутевым человеком, и его изгнали из дому за нежелание стать балагулой, как все. Он искал легкой жизни и через много лет, приехал в наш город под именем Иван Вербов и привез с собой льва. Живого африканского льва. Хаим, то есть Иван Вербов, стал выступать в балагане на городском базаре с аттракционом: “Борьба человека со львом”.

Ни один человек с Инвалидной улицы ногой не ступил в этот балаган. Меир Шильдкрот публично отрекся от брата и не пустил его в свой дом, хоть дом был их совместной собственностью, потому что достался в наследство от отца, тоже приличного, самостоятельного человека.

Иван Вербов жил в гостинице и пил водку ведрами. Он пропивал все и даже деньги, отпущенные на корм для льва, и его лев по кличке Султан неделями голодал и дошел до крайнего истощения.

Когда Иван Вербов боролся со своим львом, было трудно отличить, кто лев, а кто Вербов. Потому что Ивану Вербову досталась от отца Мейлиха Шильдкрота по наследству рыжая шевелюра, такая же, как грива у льва. Рожа у него была красная от водки, а нос широкий, сплюснутый в драках, и если бы ему еще отрастить хвост с метелочкой, никто бы его не отличил от льва.

Вербов, одетый в затасканный гусарский ментик с галунами и грязные рейтузы, трещавшие на ляжках, сам продавал у входа билеты и сам впускал в балаган публику. Что это была за публика, вы можете себе представить. Базарные торговки и глупые крестьянки, приехавшие из деревни на базар. Для них Иван Вербов был тоже дивом.

Закрыв вход в балаган, Иван Вербов включал патефон и,

пока издавала визгливые звуки треснутая пластинка, вытаскивал за хвост своего тощего, еле живого льва, ставил его на задние лапы, боролся с ним, совал голову в пасть и, наконец, валил его на пол. Лев при этом растягивался так, что напоминал львиную шкуру, которую кладут вместо ковра. Но рычала эта шкура грозно, потому, что хотела есть, а сожрать кудлатую голову Вербова брезговала, боясь отравиться алкоголем. Базарные торговки и крестьянки в ужасе замирали, когда лев рычал.

Мы, дети, с презрением относились к Ивану Вербову и его аттракциону. Но все же ходили иногда в этот балаган. Потому что — бесплатно. Билеты покупали по глупости только взрослые. А мы не дураки. Зачем платить деньги, когда Вербов для экономии не держал в балагане сторожа? Впустив публику, он запирал двери и уходил за решетку ко льву. Но стены-то в балагане были брезентовые. И хлопали на ветру, как парус. Мы приподнимали от земли край брезента и, чуть сгорбившись, входили в балаган. Иногда даже получив шлепок этим парусом по спине, но это когда был ветер.

Поэтому, бывало, идем мимо, слышим, в балагане играет музыка, значит, Вербов запер двери и начал представление.

— Зайдем? — небрежно спрашивал я Берэлэ.

— Нечего смотреть, — отмахивался мой друг. — Это не искусство, а сплошной обман. Но, может быть, как раз сегодня льву эта канитель надоест, и он откусит Вербову голову?

Как же пропустить такой случай?

Мы приподнимали конец брезента и ныряли под него.

Однажды мы ввалились целой ватагой. А зрителей, купивших билеты, было в балагане всего несколько человек. Вербов уже стоял за решеткой и, налившись кровью от натуги, пытался поднять льва и поставить его на задние лапы. Хоть Вербов, как всегда, был пьян, но даже его мутный взор обнаружил, что число зрителей в балагане многократно возросло после того, как он запер входную дверь.

Тогда он оставил в покое льва, который тут же растянулся на опилках, как ковер, состоящий из шкуры, гривы и хвоста, и, подбоченясь, обвел прищуренными глазами зрительный зал.

— Так, молодые люди, — протянул дрессировщик и хлопнул плеткой по своему сапогу. — Что-то вас очень много сегодня... без билетов. Или у меня в глазах двоится?

— Точно. Двоится, — хихикнул кто-то из нашей ватаги.

— А это мы проверим, — сказал Вербов. — Кто без билета... тем же путем, как вошли, попрошу покинуть помещение.

Конечно, никто из нас не сдвинулся с места.

— Считаю до трех, — уставился на нас Вербов. — И выпускаю льва из клетки! Зрителей, имеющих билеты, просим не беспокоиться. Мой Султан ест только безбилетников.

Вербов ткнул плеткой льва под ребро, и тот лениво рыкнул.

Я рассмеялся вслух:

— Ваш Султан еще дышит. Он на ногах не стоит.

— Кто это такой умник? — строго оглядел зрителей Вербов. — А ну, проверь! Зайди в клетку! И от тебя мокрого места не останется.

Мы прикусили языки. Что мы, ненормальные, чтобы лезть ко льву в клетку? Даже к полуживому. Клыки-то у него есть. Спокойненько проглотит любого из нас. Тем более что от нас водкой не пахнет, а пахнет хорошим маминым борщом. А он голодный — проглотит, не жуя.

— Испугались, герои? — не унимался Вербов, которому перебранка с нами доставляла больше удовольствия, чем возня со львом. — Кишка тонка? Коленки дрожат? Ну, где же вы? Как лазить без билета, так вы тут как тут? Как говорить дерзости взрослому человеку и оскорблять нехорошими словами благородное животное — царя зверей, так на это у вас ума хватает? А вот показать свое бесстрашие — так тут вас нету. Жалкие, ничтожные провинциалы.

Вот это последнее слово "провинциалы" оказалось той каплей, которая переполнила чашу. Больше всего резануло наши сердца, что рыжий Иван Вербов родился и полжизни провел безвыездно в нашем городе, и, лишь приспособившись кормиться при льве, объездил со своим балаганом десяток-другой захолустных городишек, теперь имел наглость обозвать нас, его земляков, провинциалами.

Негодовали мы все, но молча. А маленький Берэлэ Мац в благородном порыве поставил на карту свою жизнь за честь нашего города.

— Я могу войти в клетку, — ломким голосом произнес он.

И сразу стало тихо. Только какая-то деревенская баба впереди нас тихо ойкнула от страха и умолкла, и от этого показалось еще тише. Так бывает перед грозой, когда вся природа затаится в ожидании грома. Все взрослые зрители, у которых были билеты, повернули головы, чтобы разглядеть в нашем ряду стриженую голову с оттопыренными ушами, произнесшую эти роковые слова. Пластинка на патефоне кончилась и вертелась вхолостую с тихим шипением.

Лев Султан, дремавший за решеткой, растянувшись на опилках, мурлыча, как огромный кот, тоже умолк от этой непривычной тишины и приоткрыл один глаз, словно силясь разглядеть Берэлэ Маца, позволившего себе такую дерзость.

— Где ты, храбрый мышонок? — язвительно прищурился Иван Вербов.— Тебя не видно из-под скамьи.

Тут раздались смешки среди взрослой публики. И даже кто-то из наших безбилетников хихикнул, потому что Иван Вербов, сам того не ведая, выстрелил в цель. "Мышонок" была кличка Берэлэ Маца, и выходило так, что проницательный дрессировщик угадал и такую интимную подробность.

Но потом снова стало тихо. Потому что Берэлэ, еле видный за спинами взрослых зрителей, стал пробираться к клетке со львом. При этом он повторял одно и то же, как патефонная пластинка, которую заело и она издает одни и те же звуки:

— Ну и войду. Подумаешь! Ну и войду. Подумаешь!..

Так повторял он безостановочно, даже взахлеб, и я лишь потом догадался, что так можно разговориться только на нервной почве.

— Ну и войду. Подумаешь! Ну и войду. Подумаешь!..

Я даже встал со скамьи, чтоб лучше видеть маленького, стриженного наголо Берэлэ Маца, и сердце мое преисполнилось сладкой нежностью к нему и сосущим страхом за его жизнь. Я знал, что Берэлэ уже не свернет. Мне лучше, чем кому-либо в этом балагане, было известно, как честолюбив мой друг. Оставалась последняя надежда, что Иван Вербов сам струсит и не пустит мальчика в клетку ко льву.

Берэлэ остановился перед решеткой прямо напротив Вербова, раскачивавшегося на широко расставленных ногах внутри клетки. Лев лежал чуть сзади него и дернул ухом, должно быть отгоняя мух. Берэлэ был такой маленький, что Вербов казался великаном-людоедом из страшной сказки. Сходство с людоедом придавал Вербову его хриплый испитой голос:

— Славный ужин будет сегодня у моего Султана. Правда, диетический. Ты, мальчик, слишком тощий, льву на один зуб.

— Откройте клетку, — еле слышным голосом произнес Берэлэ, но, ручаюсь, все, кто был в балагане, расслышали, что он сказал. И замерли, не дыша. Потому что поняли — мальчик не отступит, и уже явственно слышали хруст детских косточек в львиной пасти.

— Милости просим, — сказал Вербов и, вытянув болт из задвижки, распахнул железную дверь клетки и даже сделал приглашающий жест рукой.

И Берэлэ переступил порог.

Я не видел его лица. Он стоял спиной к зрителям. Но могу поручиться, что он побледнел, потому что уши его стали совсем белыми.

Иван Вербов, кажется, тоже протрезвел и не говорил больше глупостей, а смотрел на Берэлэ, раскрыв рот, как будто это был не обыкновенный мальчик с Инвалидной улицы, а двухголовый теленок или женщина с усами и бородой.

— Эй, хватит,— попросил Вербов.— Ты действительно храбрец. Я тебе верю. Можешь идти на место.

У меня запрыгало сердце. Скорей бы Берэлэ выскочил из клетки, чтобы всей этой пытке пришел конец. А то ведь лев хлопнет его лапой — и поминай как звали. Главное сделано. Иван Вербов посрамлен, а честь нашего города в целом и Инвалидной улицы в частности достойно защищена.

Но нет. Этого Берэлэ было мало. Он уже не мог остановиться.

— Можно, я поглажу льва?

— Спроси у него, — растерялся Иван Вербов. — Если он разрешит.

— Можно, Султан, тебя погладить? — спросил Берэлэ у льва, и, так как лев ничего не ответил, Берэлэ шагнул к его мохнатой голове и запустил руку в рыжую гриву.

Я перестал дышать. И все зрители тоже. А лев, вместо того чтобы зарычать, вдруг замурлыкал, как домашняя кошка, когда ей чешут за ухом.

Вот и все.

Берэлэ повернулся и вышел из клетки.

Что тут поднялось в балагане! Смех, крик. Кто-то запустил в Вербова огрызком яблока, и этот огрызок, пролетев мимо прутьев клетки, попал Вербову в лоб, оставив мокрый след. Взрослые зрители, у которых были билеты, гладили

Берэлэ по голове, когда он проходил мимо них, хвалили за храбрость. Мальчишки-безбилетники смотрели на него с гордостью и завистью.

А я не смотрел никак. Я был просто рад, что все кончилось благополучно и мой лучший друг жив и здоров, и бледность понемногу сходит с его лица, и оттопыренные уши начинают розоветь.

— Пойдем отсюда, — сказал он, поравнявшись со мной. — Нам тут делать больше нечего.

Мы вышли из балагана так же, как и вошли — не в дверь, которая была заперта, а приподняв край брезента, заменяющего стенку, и, чуть согнувшись, выбрались на свет Божий. Берэлэ первым, я — за ним.

И тогда, когда я, чуть не уткнувшись носом ему в спину, вылезал из-под брезента, я отчетливо почувствовал нехороший запах, исходивший от моего друга. От него пахло как от маленького ребенка, наделавшего в штаны. Сомнений быть не могло. Это была цена подвига. С Берэлэ это случилось, вероятней всего, в тот момент, когда он погладил льва.

Он шел рядом со мной, как-то неестественно переставляя ноги, словно боясь, что при резком движении потечет из его переполненных штанишек.

Я не рассмеялся и не сказал ни одного гадкого слова, какое непременно сказал бы, будь это не Берэлэ Мац, а кто-нибудь другой. Беда случилась с моим лучшим другом, и об этой беде знали только мы вдвоем. Весь остальной мир все еще пребывал под впечатлением его храбрости, и я не видел никакой нужды разочаровывать толпу.

Я взял его за руку и не зажал пальцами носа, хотя запах, исходивший от него, усиливался с каждым шагом, и мы пошли рядом, два товарища и в радости и в беде.

За углом была водопроводная колонка. Мы подождали, пока извозчик напоит из брезентового ведра свою лошадь и отъедет, и тогда Берэлэ снял свои штанишки и трусики, вытряхнул из трусиков все, что там было, и подставил трусики под струю воды, а я навалился всем телом на железную рукоятку колонки, чтоб струя была посильней. Потом он отжал трусики и спрятал их в карман рубашки, а свой голый зад подставил под струю, и вода смыла все до капельки. Берэлэ натянул на голое тело свои штанишки, и как раз вовремя, потому что подъехал балагула напоить своего коня, и, пока я помогал ему наполнить водой ведро, он поделился с нами только что услышанной новостью:

— Слыхали, сорванцы? Только что в балагане у этого выкреста Вербова еврейский мальчик, говорят, с Инвалидной улицы вошел в клетку ко льву и положил этого льва на лопатки. Вот это ребенок! Если б мой сын был на это способен, я бы не пожалел ему рубля на мороженое, чтоб наелся на всю жизнь.

Мне очень хотелось сказать балагуле, что герой стоит перед ним и он может со спокойной совестью дать рубль ему. Но Берэлэ молчал из скромности. Поэтому я тоже промолчал.

Каждая улица имеет начало и конец. Инвалидная тоже. Но если другие улицы начинаются где-нибудь, скажем, в поле и кончаются где-нибудь, скажем, возле леса, то наша — извините! — ничего похожего. Наша брала свое начало от большого старинного городского парка, именуемого Сад кустарей. Кустарь — это сейчас уже вымершее понятие и на нормальном человеческом языке означало — ремесленник, то есть портной, сапожник, часовщик, носильщик, тележечник, извозчик и даже балагула. Были кустари-одиночки, их особенно прижимали налогами как частников, и они кряхтели, но все же — жили, и были артели кустарей, которым покровительствовало государство, считая их полусоциалистической формой производства, и если артельные кустари не воровали, то их семьи клали зубы на полку, то есть не имели, что в рот положить.

Все кустари, обладатели членских билетов профсоюза, пользовались правом бесплатного входа в Сад кустарей, и поэтому половина города паслась там даром. Но эта привилегия не касалась членов семей, и мы — другая половина города — от этого жестоко страдали и сходили с ума от явной несправедливости, существующей в государстве, где нет классов, а следовательно, и классовых противоречий.

Кончалась улица, или, если хотите, начиналась — это зависит от того, с какой стороны посмотреть, — стадионом “Спартак”. Без этого стадиона я не мыслю жизни нашей улицы. Когда происходит футбольный матч или соревнование по поднятию тяжестей, наша улица пустела, и только древние старухи оставались в домах следить, чтобы малыши не сожгли дом, и завидовали остальным, которые получали удовольствие на стадионе. Но даже эти старухи были в курсе всей спортивной жизни.

После матча, когда со стадиона на нашей улице валила толпа, возбужденная, как после драки, и разопревшая, как после бани, эти беззубые старушки уже дежурили у своих окошек, и на улицу сыпался град вопросов:

— Кто выиграл?

— С каким счетом?

— А наш хавбек опять халтурил?

— Центрфорвард не мазал?

— Вратарь не считал ворон?

Дело том, что футбольная команда “Спартак” в основном формировалась и пополнялась на нашей улице. Все игроки были евреи, кроме тройки нападения — братьев Абрамовичей. Абрамовичи, Эдик, Ванька и Степан, невзирая на еврейскую фамилию, были чистокровными белорусами, но охотно откликались, когда к ним обращались по-еврейски. Должен признать, что в нашем городе не было людей, не понимавших по-еврейски. За исключением, может быть, начальства, упрямо и с ошибками говорившего только на государственном языке — русском.

О футбольной команде так и говорили: в ней все евреи и три Абрамовича. Все футболисты, как и вообще любой нормальный человек с нашей улицы, имели клички. Порой неприличные, произносимые только в узком мужском кругу. Но во время матча, когда страсти закипали и стадион стонал, подбадривая и проклиная своих любимцев, почтенные матери семейств басом орали эти клички, не вдумываясь, а, вернее, забывая об их истинном смысле и совсем непристойном звучании.

Футбол был так популярен у нас, что когда хотели вспомнить о каком-нибудь событии, сначала вспоминали футбольный матч той поры, а потом уже точную дату события. Например:

— Мой младший, продли ему Господь его годы, родился как раз перед матчем, когда Десятая и Одиннадцатая кавалерийская дивизии играли три дня подряд на кубок города и все с ничейным счетом. Хоть ты убейся! И кубок вручили по жребию. А это уже совсем неприлично, и так у самостоятельных людей не бывает. Следовательно, мой младший родился... подождите... июнь... июль... в августе.

И назывался абсолютно точно год рождения.

Или:

— Моя бедная жена скончалась в этом... как его?.. Сейчас вспомню, в каком году. Ну, конечно, это было в тот самый день, когда корова директора стадиона Булкина весь первый тайм спокойно паслась на нашей половине поля, когда “Спартак” играл с Первой воздушной армией. А во втором тайме, когда поменялись воротами, снова паслась на нашей половине. Это был матч! Полное превосходство! Мяч ни разу даже не залетал на нашу половину поля, и корова директора Булкина так хорошо наелась травы, что вечером дала на два литра молока больше. Значит, моя бедная жена умерла...

Итак, Инвалидная улица начиналась Садом кустарей и кончалась стадионом “Спартак”, или, наоборот, как хотите, это роли не играет, и мы, аборигены Инвалидной, по праву считали и сад, и стадион продолжением своей улицы и никак не могли привыкнуть к тому, что туда нахально ходят люди и с других улиц.

Уже в мае мы с замиранием сердца следили, как рабочие устанавливают высоченные столбы, сколачивают из неструганых досок длиннющие, изогнутые скамьи. А потом, в одно прекрасное утро, над вершинами старых лип конусом поднимался к небу парусиновый шатер. Это означало, что в нашем городе открывает свои гастроли цирк "Шапито".

Дальше я рассказывать не могу. Потому что мне надо успокоиться и прийти в себя.

Как говорится, нахлынул рой воспоминаний! И среди них самое важное и драгоценное — история о том, как я, пацан и, если разобраться — никто, как говорила мама, недоразумение природы, целых три дня был в центре внимания всей нашей улицы и взрослые, самостоятельные люди не только разговаривали со мной как с равным, но открыто завидовали мне.

Но это потом. Предварительно я вас хочу познакомить с местом действия, то есть с Садом кустарей. Сказать, что это был хороший сад — это ровным счетом ничего не сказать. Это был всем садам сад. На его бесконечных глухих аллеях можно было заблудиться, как в джунглях. Рохл Элькe-Ханэс, товарищ Лифшиц, главная общественница на нашей улице, имела от этого большие неприятности, которые потом, правда, кончились благополучно.

Она как-то решила пустить туда пастись свою козу, чтобы сэкономить на сене, а вечером пришла ее взять и сколько ни искала, сколько ни звала, от козы, как говорится, ни слуху ни духу. А коза была дойная, давала жирное молоко, и ее только недавно водили к козлу, за что тоже были уплачены немалые деньги. Короче говоря, Рохл Элькe-Ханэс, товарищ Лифшиц, была жестоко наказана за то, что польстилась на дармовщину и хотела на чужой спине в рай въехать. Признаться в этом ей, как общественнице, было как-то не к лицу, и она молча горевала и каждый раз вздрагивала, как конь, когда слышала козье меканье.

А поздней осенью, когда сад оголился, сторожа обнаружили там козу с двумя козлятами. И вернули все Рохл Элькe-Ханэс и даже не взяли с нее штрафа. Так как, с одной стороны, она — общественница, и ее позорить — значит подрывать авторитет, а с другой — и так достаточно наказана. Все лето не имела своего молока.

Вот какой был Сад кустарей.

В тот год, в цирке "Шапито", что открыл свои гастроли в Саду кустарей, впервые в жизни нашего города проводился чемпионат мира по французской борьбе. Теперь эта борьба называется классической.

Вы меня можете спросить: что-то мы не слыхали о таком чемпионате, который проводился в вашем городе?

И я вам отвечу:

— Я — тоже.

Ни до, ни после этого. Когда я вырос и стал самостоятельным человеком и к тому же еще работником искусства, мне многое стало ясно. Это был липовый чемпионат. Для привлечения публики в цирк. Так часто делают не только в цирке. Но тогда мы верили. И не только мы. Но весь город.

5 – 7872

Взрослые самостоятельные люди. И гордились тем, что именно наш город и, конечно, заслуженно был избран местом мирового чемпионата.

С афиш аршинными буквами били по мозгам имена, одно оглушительнее другого. Например:

АВГУСТ МИКУЛ

Тула.

Тяжелый вес

Тула — было написано шрифтом помельче, и это означало, что Август Микул приехал из города Тулы и будет достойно представлять его на мировом чемпионате. Но мы же читали все подряд, как говорится, залпом, и получалось до колик в животе красиво, загадочно и обещающе:

АВГУСТ МИКУЛ ТУЛА

Ну, ни дать ни взять древнеримский император или, на худой конец, гладиатор, и он в наш город прибыл на колеснице прямо из Древнего Рима.

Увидеть хоть одним глазом этот чемпионат стало пределом мечтаний всего города. А уж о нас и говорить нечего.

Но между нами и чемпионатом мира стояла неодолимая преграда: деньги. Как говорится, хочешь видеть, гони монету. Это тебе не коммунизм, когда все бесплатно, а пока лишь только социализм. И надо раскошеливаться.

У нас, детей, денег не было. А чемпионат открывался, как писали в афишах, в ближайшие дни, спешите видеть. И сразу начинали с тяжелого веса. Можно было с ума сойти.

Оставался один выход, или, вернее, вход. Бесплатно. Но, как говорится, с немалой долей риска. Чтоб нам попасть на чемпионат, предстояло преодолеть минимум две преграды. Через забор прыгать в Сад кустарей и, вырыв подкоп, проникнуть в цирк.

И тут я должен остановиться на одной личности, без которой картина жизни нашей Инвалидной улицы была бы неполной. Я имею в виду сторожа Сада кустарей Ивана Жукова. В Саду кустарей был не один сторож, но все остальные рядом с Жуковым — дети. Ну, как если бы сравнить обученную немецкую овчарку со старыми, издыхающими дворнягами. Последние рады, что дышат, и никого не трогают. А вот Жуков... Это был наш враг номер один. И притом злейший враг.

Иван Жуков был прославленный красный партизан времен гражданской войны, спившийся в мирное время от тоски по крови. Он единственный в нашем городе имел орден Боевого Красного Знамени и носил его на затасканном пиджаке, привинтив на красный кружочек фланелевой материи. Жуков потерял на войне ногу, но костылей не признавал. Так как в те времена о протезах еще не слыхали, он собственноручно выстругал из липового полена деревянную ногу, подковал ее снизу железом, как копыто балагульского коня, и так быстро бегал на этой ноге, что мы, легконогие, как козлы, не всегда успевали от него удрать. Эту деревянную ногу он использовал не только для бега. Он обожал поддать под зад ее окованным концом, и это было как удар конского копыта прямо по копчику.

Кроме того, Ивану Жукову, в знак уважения к его прошлым заслугам — единственному из всех сторожей, — было дозволено пользоваться ружьем, заряженным крупной серой солью. И он им пользовался с наслаждением. Я в свое время отведал этой соли, и, когда вспоминаю, у меня начинается нестерпимое жжение пониже спины.

Жуков нюхом старого партизана угадывал места нашего возможного проникновения с Сад кустарей и устраивал там засаду.

Когда мы с моим другом Берэлэ Мацем вскарабкались однажды на верхушку забора и повернулись спиной в сад, чтобы спрыгнуть туда, Жуков оглушительно выстрелил с короткой дистанции, в упор. Мы скатились обратно на улицу с воплями и стонами. Вернее, вопил я один. Весь заряд, до последней крупицы соли, угодил мне в зад. Как потом говорила моя мама: такого шлимазла еще надо поискать. Маме было легко рассуждать, потому что не в нее стрелял Жуков, и она меня увидела уже потом, когда я с помощью моего лучшего друга Берэлэ Маца освободился от этой соли.

Упав с забора, я стал кататься по земле как полоумный. Соль быстро растворялась в крови и жгла как острыми ножами. Мой друг Берэлэ Мац самоотверженно пришел мне на помощь. Сняв с меня, воющего и скулящего, штанишки, он тут же на улице поставил меня на четвереньки, и мой зад, рябой от кровавых дырочек, осветила полная луна, заменявшая на Инвалидной улице по ночам фонари.

Берэлэ прилип губами к моему заду и старательно высасывал из каждой дырочки кровь с солью, а потом деловито сплевывал на тротуар. Прохожие, которых было довольно много в этот час на улице, не удивлялись и даже не останавливались. Подумаешь, обычное дело. Товарищ товарищу помогает в беде.

Слышался только хриплый смех Ивана Жукова. Он через дырочку в заборе с удовлетворением наблюдал за нами.

Используя свой богатый партизанский опыт, Жуков доводил свою охоту за нами до виртуозного совершенства. Особенно удачно блокировал он наши подкопы под цирк. Уверяю вас, ни один сторож в мире до этого бы не додумался.

Вечером, перед началом представления, рыть подкоп было бессмысленным. Поэтому подкоп рыли днем, до обеда, когда в цирке никого не было и в сад можно было войти свободно, без билета. Всю вырытую землю тщательно присыпали травой, а отверстие маскировали ветками. С тем чтобы вечером, когда стемнеет, если удастся благополучно преодолеть забор, проползти через подкоп под скамьи цирка, идущие вверх амфитеатром, и между ног зрителей забраться наверх и спокойно, как ни в чем не бывало, смотреть представление.

Но не тут-то было. Легендарный герой гражданской войны Иван Жуков быстро разгадал наш маневр. Днем он из кустов наблюдал, как мы роем подкоп, и не мешал нам. Потом, когда мы исчезали, брал казенное ведро, отправлялся в общественный туалет сада и зачерпывал из выгребной ямы полное ведро вонючей жижи. Затем с этим ведром залезал под скамьи цирка и у самого подкопа, но с внутренней стороны, опорожнял его. Жуков в этом деле использовал весь свой военный навык. Он даже учитывал направление воздушной тяги. Запах шел вовнутрь, в цирк, а мы снаружи не могли его унюхать.

Первым, как обычно, нырял в подкоп Берэлэ Мац — самый ловкий из нас и самый смелый. И он же первым начинал булькать, зарывшись лицом в зловонную жижу.

Иван Жуков даже не подходил к нам в этот момент. Он себе сидел на открытой веранде буфета и пропускал чарочку водки, спокойно дожидаясь, когда сама сработает его ловушка.

И действительно. Когда Берэлэ Мац, весь измазанный и похожий на черта, а вслед за ним и мы, тоже пропитанные не одеколоном, выползали из-под скамей в цирк и пытались рассредоточиться среди зрителей, нас тут же обнаруживали по запаху, и возмущенные дамы звали контролеров, и те приходили в своей лакейской униформе и брезгливо брали нас пальцами за конец уха, потому что ухо было единственным чистым местом на нас, и с позором, зажав свой собственный нос, выдворяли на свет Божий. Под хриплый смех Жукова, который сидел на открытой веранде буфета и пропускал третью чарочку.

Теперь вы, надеюсь, понимаете, чего нам стоил чемпионат мира по французской борьбе? И мы туда попадали и смотрели захватывающие матчи. Правда, не каждый раз попадали, но иногда все же прорывались.

Тут я подхожу к главному событию, сделавшему меня героем дня, после чего мне стоило немалых усилий вести себя нормально и не зазнаваться.

Когда не удавалось проникнуть в цирк через подкоп, я использовал оставленную на крайний случай другую возможность. С утра заискивал, заглядывал в глаза моему мрачному дяде Шлеме, который еще, кроме своей основной профессии — мясника, был добровольцем-пожарным, и в его доме висела начищенная до блеска медная каска с шишаком.

Пожарные пользовались в нашем городе правом свободного входа на любое зрелище, в том числе и в цирк, чтоб всегда быть под рукой, если вспыхнет огонь и надо будет спасать публику. Правда, места они могли занимать только свободные, непроданные, а если был аншлаг, им администрация давала стул, и они сидели в проходе.

Не знаю, полагалось ли так, но пожарные проводили с собой без билетов и своих детей. Вот ради этого я с утра уже подлизывался к дяде Шлеме.

В тот день он был менее мрачен и пошел со мной, облачившись во все свои пожарные причиндалы. Когда мы с ним проходили мимо билетера и дядя Шлема отдал ему по-военному честь, приложив руку к каске, и тот в ответ поздоровался с ним приветливо и на меня даже не обратил внимания, я на радостях оглянулся назад и увидел в толпе сторожа Жукова — героя гражданской войны, и показал ему язык, высунув его так далеко, насколько мог. Я был для него недосягаем. И я видел, как он переживал.

В тот день мест свободных было очень много, и мы с дядей сидели на самых дорогих, в ложе, у самого барьера арены.

Вы можете спросить: почему это именно в этот день было много свободных мест?

И я вам отвечу: потому, что заранее стало известно, что главная пара борцов выступать не будет по болезни и купленные билеты действительны на другой день, когда эта пара выздоровеет. Многие ушли домой через пять минут и потом очень сожалели. Мы с дядей сидели в полупустом цирке, и я не собирался уходить, так как на другой день мой билет не был действителен из-за того, что я вообще не имел билета. Даже дядя Шлема ушел домой в антракте и потом долго упрекал меня, что я его не задержал и что со мной лучше дела не иметь. Честное слово, он подозревал, что я знал, какое событие произойдет в конце представления, и скрыл от него, чтобы остаться единственным свидетелем на всей Инвалидной улице. Что с ним спорить и что ему доказывать? Пожарный. И этим все сказано.

В цирке в тот день произошло вот что. Даже дух захватывает, когда вспоминаю.

На ковре сопела, и это называлось боролась, самая никудышная пара, тот самый Август Микул Тула со своим звучным древнеримским именем и его напарник, имя которого я даже не запомнил, но оно было тоже как у древних римлян или у древних греков.

Пара действительно была древняя. По возрасту Август Микул был уже стар и, видимо, только потому, что не имел другой профессии, продолжал зарабатывать кусок хлеба на ковре. Он был необъятно толст, от чего задыхался, с дряблыми мышцами и с большим, как барабан, животом. Одним словом, из тех, о ком говорили наши балагулы: пора на живодерню, а то и шкура пропадет.

Это была не борьба, а — горе. И я с большим трудом усидел. И не жалею.

Оба борца, как быки, уперлись друг в друга лбами и, обхватив могучими руками толстые, красные шеи противника, давили со страшной силой слипшимися животами. Давили-давили, и казалось, конца этому не будет. Но конец наступил.

Август Микул Тула не выдержал давления на свой огромный живот и издал неприличный звук так громко, с таким оглушительным треском, что я до сих пор не понимаю, как на нем уцелели трусы.

В первый момент я решил, что это — гром, и даже поднял глаза к небу. Казалось, что парусиновый купол цирка подпрыгнул вверх и медленно вернулся на место. Публика в первых рядах отшатнулась, и женщины лишились сознания тут же, как говорится, не отходя от места.

Вы меня спросите: а не преувеличиваете ли вы?

Я вам отвечу: я вообще не хочу с вами разговаривать, потому что так можно спрашивать только от зависти.

Потом в цирке наступила мертвая тишина. Борцы еще по инерции сделали одно-два движения и разомкнули руки на шеях, не глядя в зал. Оркестр на верхотуре, чтоб спасти положение, рванул туш, но после первых тактов музыка разладилась, трубы забулькали от хохотавших в них музыкантов. И тут весь цирк затрясло от хохота. Люди потом клялись, что они отсмеялись в тот вечер не только на стоимость своего билета, а на целый сезонный абонемент.

Весь цирк ржал, икал, кудахтал, гремел басами и дискантами, сопрано и альтами. Парусиновый купол ходил ходуном, как во время бури. Говорят, наш смех был слышен не только на Инвалидной улице, но на другом конце ее — стадионе “Спартак”. Люди бросились к цирку полуодетые, в чем были, чтоб узнать, что там случилось. Но опоздали. Они только видели, как мы, публика, все еще захлебываясь смехом, покидали цирк, и смотрели на нас, как несчастные, обойденные судьбой.

И с того момента взошла звезда моей славы. И держалась эта звезда целых три дня, пока полностью не было удовлетворено любопытство Инвалидной улицы.

Я был единственный с нашей улицы живой свидетель этого события. Уже назавтра с самого утра моя популярность начала расти не по часам, а по минутам. Взрослые, самостоятельные люди приходили к нам домой, и не к родителям, а ко мне, чтобы услышать все из моих уст и до мельчайших подробностей.

На улице за мной ходили табуном и завистливо внимали каждому моему слову. Взрослые, самостоятельные люди здоровались со мной за руку и без всякого там панибратства или покровительственного тона, как бывало прежде, а как с равным и даже, я не боюсь этого сказать, снизу вверх.

По сто раз на дню я рассказывал обо всем, что видел и, главное, слышал, но появлялись новые слушатели, и меня просили повторить. Я охрип. У меня потрескались губы, а язык стал белым. И когда я совсем уставал, мне приносили мороженое “микадо”, и не одну порцию, а две, и, если бы я попросил, принесли бы и третью, чтоб я освежился и мог продолжать. Мама предостерегала соседей, чтоб меня так не мучили, а то придется ребенка неделю отпаивать валерьянкой, но при этом сама в сотый раз слушала мой срывающийся от возбуждения рассказ и посматривала на всех не без гордости.

Три дня улица жила всеми подробностями моих свидетельских показаний. У нас народ дотошный, и меня прямо замучили вопросами. Самыми различными. И не всякий можно при дамах произнести.

Одним словом, вопросов были тысячи, и я, ошалев от общего внимания и уважения к моей персоне, старался, как мог, ответить на все вопросы.

Даже Нэях Марголин, самый грамотный из всех балагул и поэтому человек, который не каждого удостоит беседы, тоже слушал мой рассказ и даже не перебивал. И тоже задал вопрос. Но такой каверзный, что я единственный раз не смог ответить.

— А скажи мне, — спросил Нэях Марголин, — раз был свидетелем и считаешь себя умным человеком, что ел на обед Август Микул Тула перед этим выступлением?

Я был сражен наповал. Все с интересом ждали моего ответа. Но я только мучительно морщил лоб и позорно молчал.

— Вот видишь,— щелкнул меня дубовым пальцем по стриженой голове Нэях Марголин. — А еще в школу ходишь.

И все вокруг понимающе вздохнули. Потому что я действительно ходил в школу, и государство тратило на меня большие деньги, а отвечать на вопросы не научился.

И я видел, как все присутствующие при моем позоре буквально на глазах теряли ко мне уважение.

Но когда Нэях Марголин, щелкая в воздухе своим балагульским кнутом, ушел с выражением на лице, что растет никудышное поколение, даже не способное ответить на простой вопрос, мой престиж стал понемногу восстанавливаться. Потому что как-никак все же я живой свидетель и все это видел, вернее, слышал своими собственными ушами. Я, а не Нэях Марголин, хоть он знает больше моего и считается самым умным среди балагул.

Вот так-то. Но все проходит, как сказал кто-то из великих, и слава не вечна. Понемногу интерес ко мне угас, а потом меня, как и раньше, перестали замечать. Плохо, когда человек переживает зенит своей славы. Вы это сами не хуже меня знаете. Человек становится пессимистом и начинает ненавидеть окружающих. Я таким не стал. Потому что я был ребенком и, как метко выразился наш сосед Меир Шильдкрот, у меня еще все было впереди.

Вы меня можете спросить: к чему я все это рассказываю?

И я бы мог ответить: просто так. Для красоты.

Но это был бы не ответ, а главное — неправда. Я все это рассказал, чтобы ввести вас в курс дела, прежде чем приступить к центральному событию.

Оно произошло вскоре на этом же самом чемпионате по французской борьбе. Чемпионат немножко затянулся, и начальный интерес к нему стал пропадать. А от этого, как известно, страдает в первую очередь касса. То есть финансы начинают петь романсы.

И тогда администрация цирка, чтобы расшевелить публику и заставить ее окончательно очистить свои карманы, придумала трюк: предложить ей, публике, выставить любого из местных жителей, кто согласится выйти на ковер и сразиться с борцом-профессионалом.

Вот тут-то и разыгрались самые интересные события, свидетелем которых я уже, к величайшему моему сожалению, не был. В тот вечер Берэлэ Мац чуть не захлебнулся в ловушке, устроенной Иваном Жуковым в подкопе, и мы его еле живого вытащили за ноги обратно. И больше не рискнули и пошли домой, как говорится, не солоно хлебавши. И простить этого я себе не могу до сих пор.

Все, что случилось в тот вечер в цирке, я знаю с чужих слов и от людей, из которых лишнего слова не выдавишь, поэтому много подробностей пропало, и это очень жаль.

Когда шпрехшталмейстер — так называют в цирке ведущего программу, конферансье, — объявил, что на ковер приглашаются желающие из публики, вся публика сразу повернулась к Берлу Арбитайло — балагуле с Инвалидной улицы, пришедшему в цирк за свои деньги честно посмотреть на борьбу, а не выступать самому.

Сразу должен сказать несколько слов о Берле Арбитайло. Он был с нашей улицы и представлял молодое поколение балагул. Спортом никогда не занимался, и все считали, что он — как все. Ни здоровее, ни слабее. Только молодой.

Он был того типа, о котором у нас говорят: шире, чем выше. То есть рост соответствовал ширине и даже третьему измерению. Он был как куб, у которого, как известно, все стороны равны. Но куб этот состоял из костей и мяса, и мясо было твердое, как железо.

У нас так принято: если очень просят, отказывать просто неприлично. И Берл Арбитайло вышел на арену, хотя потом божился, что он этого очень не хотел. Его, конечно, увели за кулисы, одели в борцовку — это борцовский костюм, вроде закрытого дамского купальника, но с одной шлейкой, обули в мягкие высокие ботинки, подобрав нужный размер, и он, красный как рак, выбежал, качаясь, на арену под марш и даже неумело сделал публике комплимент, то есть — отставил назад одну свою, как тумба, ногу и склонил на один миллиметр бычью шею. Этому его, должно быть, научили за кулисами, пока он переодевался. Борцовка обтягивала его так тесно, большего размера найти не смогли, что все честные девушки в публике пальцами закрывали глаза.

Шпрехшталмейстер на чистом русском языке, поставленным голосом и без всякого акцента, объявил его Борисом Арбитайло, потому что по-русски Берл — это то же самое, что Борис, и еще сказал, что он будет представлять на чемпионате наш город.

Рыжий клоун, который при этом был на арене, истерически захохотал своим дурацким смехом, но публика нашла, что это совсем не смешно и этот смех неуместен, и даже обиделась. После этого рыжего клоуна, сколько ни продолжались гастроли цирка, каждый раз освистывали, и он был вынужден раньше времени покинуть наш город и, говорят, даже сменил профессию.

А дальше произошло вот что Берл Арбитайло, теперь уже

Борис, дал своему противнику, настоящему профессиональному борцу, ровно пять секунд на размышление. По заведенному церемониалу борцы сначала здороваются за руку. Берл руку противника после пожатия не отпустил и швырнул его как перышко к себе на спину и, описав его телом дугу в воздухе, хрякнул, не выпуская руки, на лопатки так, что тот самостоятельно не смог подняться.

Зал взорвался. И парусиновый купол чуть не унесло на деревья. Победа была чистой, а не по очкам. А главное, молниеносной. Противника унесли за кулисы, и несли его восемь униформистов, как будто несли слона. В цирк вызвали "скорую помощь".

А Берл Арбитайло стоял посреди арены, ослепленный прожекторами, оглушенный оркестром и ревом зала, поправлял тесную в паху борцовку и краснел, как девушка.

Растерявшаяся администрация устроила совещание, и все это время цирк стонал, потом на арену вышел белый как снег шпрехшталмейстер и, с трудом угомонив зал, объявил, что против Арбитайло выставляется другой борец.

Его постигла та же участь и за те же пять секунд.

Что тут было, описать невозможно. Короче говоря, в этот вечер цирк выставил против нашего Берла Арбитайло всех своих тяжеловесов подряд и он, войдя во вкус, разложил их всех до единого, сразу, в один присест, став абсолютным чемпионом мира по французской борьбе.

Назавтра мы все же прорвались в цирк, но Берл Арбитайло больше не выступал. Цирковые борцы, участники чемпионата, наотрез отказались выходить с ним на ковер, какие бы деньги им за это ни предлагали. И вообще, борьба была снята с программы, и ее заменили музыкальной эксцентриадой. То есть поменяли быка на индюка. Мы весь вечер плевались. И я уже никогда больше не видел на ковре Берла Арбитайло.

Он стал самым популярным человеком в нашем городе. И, когда он проезжал по улице на своем ломовом тяжеловозе, все движение прекращалось, и все провожали его глазами, как будто никогда прежде не видели. Он сразу пошел на выдвижение, и в конторе конногужевого транспорта его сделали бригадиром балагул, а на всех торжественных собраниях в городе его избирали в президиум, и он сидел там сразу на трех стульях и краснел.

Тут как раз в Советском Союзе стали готовиться к первым выборам в Верховный Совет, и наше начальство, которому пальца в рот не клади, выдвинуло Бориса Арбитайло кандидатом в депутаты от блока коммунистов и беспартийных, понимая, что с ним — это беспроигрышная лотерея. Биография у него была подходящей. Как говорили в предвыборных речах агитаторы, он из бедной семьи, честный труженик и воспитан советской властью, и прямо как в той песне — как невесту родину он любит и бережет ее, как ласковую мать.

Я не видел Берла Арбитайло на ковре, но я присутствовал на его выступлении перед избирателями на предвыборном митинге, и второй раз я подобного уже не увижу.

Митинг происходил под открытым небом на конном дворе конторы гужевого транспорта, так сказать, по месту службы кандидата.

Большой мощенный булыжниками двор был усеян лошадиным навозом, который не успели подмести, и народу туда набилось, что яблоку было негде упасть. Вместо трибуны использовали конную грузовую площадку на колесах, на которой штабелями лежало мешков сорок муки. На мешках был натянут красный транспарант с надписью:

ДА ЗДРАВСТВУЕТ
СТАЛИНСКАЯ КОНСТИТУЦИЯ –
САМАЯ ДЕМОКРАТИЧЕСКАЯ В МИРЕ

С этой высоты кандидат в депутаты — бригадир балагул Берл Арбитайло должен был сказать речь.

Он поднялся наверх по приставной лестнице в новом, сшитом на заказ костюме и, пока поднимался, выпачкал в муке колени и от этого стал еще демократичнее и ближе к избирателям, ибо он рисковал отделить их от себя галстуком, который у него впервые видели на шее и который очень мешал ему, и он от этого мотал головой, как конь, одолеваемый слепнями. В таком же галстуке он смотрел с портретов, во множестве развешанных по городу и здесь, на конном дворе.

Речи народный кандидат и чемпион мира по французской борьбе не сказал. И потому, что было очень шумно — народ вслух, еще до тайного голосования, выражал свое одобрение кандидату, и потому, что рядом громко ржали кони, словно приветствуя в его лице своего человека в парламенте. Но в основном потому, что Берл Арбитайло говорить не

6 – 7872

привык и не умел этого делать, особенно с такой высокой трибуны. Его квадратное лицо с маленьким, кнопкой, носом и широкая, шире головы, шея наливались кровью все больше и больше, и несколько раз он гулко кашлянул, словно поперхнулся подковой, и даже его кашель вызвал бурю аплодисментов. Но дальше этого не продвинулся. Как говорят балагулы — ни “тпру” ни “ну”. Хоть ты убейся.

Начальство очень стало, нервничать, и снизу ему в десять глоток стали подсказывать начало речи: “Дорогие товарищи!.. дорогие товарищи!.. дорогие товарищи!..” На эту товарищескую помощь Берл Арбитайло смог ответить только: “Да!” — и спрыгнул сверху, очень удивив отшатнувшийся народ, потому что многие, и начальство в первую очередь, решили, что он хочет попросту сбежать.

Но не таков наш человек с Инвалидной улицы, народный кандидат Берл Арбитайло. Никуда он не побежал. Кряхтя, он залез под грузовую платформу, на которой было не меньше сорока мешков с мукой и транспарант

ДА ЗДРАВСТВУЕТ
СТАЛИНСКАЯ КОНСТИТУЦИЯ —
САМАЯ ДЕМОКРАТИЧЕСКАЯ В МИРЕ

и там расправил свои плечи и оторвал все это от земли.

Такого гвалта, какой подняли в ответ польщенные избиратели, наш город еще не слыхал. То, что сделал Берл Арбитайло, было красноречивей любой речи и нашло самый горячий отклик в сердцах людей. Победа на выборах ему была обеспечена на все сто процентов. Даже если бы на наших выборах не выбирали из одного одного, в чем проявлялась большая забота партии о людях, потому что им не нужно было ломать себе голову, за кого отдать свой голос, и им не приходилось потом переживать, что они ошиблись, не за того кандидата проголосовав. Кандидат был один, и депутат избирался один, и такое бывает только в нашей стране — стране победившего социализма. Но даже если бы у нас, не дай Бог, выборы были бы такими же лжедемократическими, как на Западе, в странах капитала, и на одно место претендовало бы тысяча кандидатов, все равно в депутаты прошел бы один — Берл Арбитайло, человек простой и понятный, сумевший найти кратчайший путь к душе народа.

Правда, накануне выборов одно обстоятельство чуть не сгубило блистательную карьеру нашего кандидата. Последние дни он не работал и в ожидании выборов слонялся по центральной улице, ведя за собой тучу поклонников. А там, на центральной улице, была стоянка легковых извозчиков. Тогда еще не было такси. И пассажиров возили в конных фаэтонах с поднимающимся верхом и с мешками сена и пустым ведром сзади.

На облучке первого в очереди фаэтона сидел горой самый старый извозчик — Саксон. В рыжем крестьянском зипуне и с одеялом на ногах. Он сидел и тихо напевал на мотив одноименной оперетки одну и ту же фразу на идише:

— О, Баядера, мир из калт ин ди фис, — что означает: "О, Баядера, у меня мерзнут ноги".

У него действительно мерзли ноги даже летом от застарелого ревматизма, и потому он круглый год носил меховые сапоги и вдобавок накрывал ноги одеялом. Шел ему седьмой десяток, но он еще был в соку и работал, и так бы продолжал, возможно, до ста лет. Если бы не война.

Вообще-то его звали Авром-Иче. А Саксон — это была кличка, с которой он, видимо, прямо появился на свет. И намекала она, должно быть, на сходство с библейским Самсоном. Фамилии его я никогда не слыхал. И кажется, никто ее не знал. В паспорте, конечно, у него фамилия была записана, как у каждого нормального человека. Но на нашей улице верили на слово и фамилии, как говорится, не спрашивали, Саксон так Саксон. Тоже неплохо.

И надо же было, чтоб Саксону в тот день вздумалось остановить нашего народного кандидата Берла Арбитайло.

— Это, кажется. Вас мы будем избирать в депутаты? — спросил он со своего облучка, и Берл Арбитайло имел неосторожность остановиться и кивнуть.

Тогда Саксон задал следующий вопрос.

— Это, кажется. Вы чемпион мира по французской борьбе?

Саксон говорил ему “вы”, и это уже многим не понравилось.

Берл Арбитайло второй раз застенчиво кивнул.

— Интересно,— сказал Саксон и, сняв с ног одеяло, стал слезать с фаэтона, отчего фаэтон накренился в сторону и чуть не упал на бок. На своих слоновых ногах он прошагал на середину булыжной мостовой и, бросив наземь кнут, радушно протянул Берлу руку.

— Дай пожать мне руку чемпиона, — сказал он при этом.

И Берл Арбитайло простодушно дал. И, как цирковые борцы в его руках, так на сей раз он сам, в чем был, в новом, сшитом на заказ костюме и галстуке, тем же манером взлетел на спину Саксону и, описав в воздухе дугу, грохнулся лопатками на булыжник мостовой. Победа была чистой, по всем правилам. Те, кто был рядом, стояли потрясенные и не могли даже слова сказать. Чемпион мира лежал поверженный на мостовой. Саксон отряхнул ладони и даже вытер об зипун.

— Так кто же тут чемпион мира по французской борьбе? — спросил он заинтересованно и обвел взглядом всех, будто ища в толпе чемпиона.

На булыжнике лежал экс-чемпион, но заодно лежал и народный кандидат. И это чуть не имело потом серьезных последствий. Саксона отвели в участок и продержали три ночи и хотели уже пришить политическое дело. Спасло его только то, что он был стар и абсолютно неграмотен. А также и то, что сам кандидат в депутаты Берл Арбитайло хлопотал за него и грозил, что не будет баллотироваться, если Саксона не выпустят.

Все кончилось благополучно. Саксона выпустили, и он сам отдал свой голос за Берла Арбитайло, и Берл Арбитайло победил на выборах единогласно. Тем более что конкурентов у него не было.

И все бы вообще хорошо закончилось, если бы не два обстоятельства.

Первое — это то, что очень скоро стали снова ловить врагов народа и нещадно их истреблять. В нашем городе забрали всех выдвиженцев, каждого, кто высунул нос чуть дальше, чем остальные. Из заслуженных людей судьба обошлась хорошо только с двумя на нашей улице. С моим дядей Симхой Кавалерчиком, потому что он был такой тихий и незаметный, что о нем попросту позабыли, и с легендарным героем гражданской войны Иваном Жуковым, потому что он никуда не выдвигался, а был простым сторожем в Саду кустарей и был все время так пьян, что его даже гадко было арестовывать.

Берл Арбитайло, который мог бы жить как нормальный человек, имел несчастье стать депутатом, и его пришли арестовывать одним из первых. Когда его брали ночью, то люди рассказывают, что восемь сотрудников Государственной безопасности были изувечены так, что им никакое лекарство потом не помогло.

А Берл Арбитайло пропал. И никаких следов до сих пор отыскать не могут. В руки НКВД он не дался. Это мы знаем точно. Потому что НКВД потом отыгралось на всей его семье и всех, кто носил фамилию Арбитайло, вывезли в Сибирь, и они в наш город больше не вернулись. А где сам Берл, никто так и не знает.

Когда я встретил много лет спустя одного моего земляка, оставшегося живым после войны, и мы с ним разговорились за жизнь, о том о сем, вспомнили чемпионат мира по французской борьбе, и он, человек неглупый, каждый день читающий газеты, высказал мысль, что снежный человек, которого, если верить газетам, обнаружили в горах Тибета, возможно, и есть не кто иной, как Берл Арбитайло, который там, в Тибете, скрывается до сих пор от НКВД, не зная, что Сталин уже умер и Хрущев всех реабилитирует посмертно. Возможно, что он шутил, мой земляк. Весьма возможно. Но в каждой шутке, как говорится, есть доля правды.

А теперь второе обстоятельство. Что стало дальше с Саксоном. Он погиб на войне. Не на фронте. Кого это посылают в семьдесят лет на фронт? Но погиб он как человек, достойно, как и подобает жителю Инвалидной улицы.

Когда к нашему городу подходили немцы и население пешком убегало от них на Восток, Саксон запряг своего коня в фаэтон и нагрузил его детьми. Говорят, он усадил человек двадцать. Одного на другого. Так что во все стороны торчали руки и ноги. Взял вожжи и пошел рядом, хоть ходить ему было трудно из-за болезни ног; но если бы он сам сел, не хватило бы места детям и конь бы не мог везти так много.

Этот фаэтон двигался в толпе беженцев по шоссе, когда налетел немецкий “мессершмитт” и из пулемета стал расстреливать толпу. Одна из пуль попала в коня, и он упал в оглоблях и откинул копыта, но зато и Саксон и дети в фаэтоне остались невредимы. Когда самолет улетел, Саксон распряг мертвого коня и оттащил с шоссе, чтобы не мешал движению. Сам встал в оглобли и потащил, не хуже коня, фаэтон, полный детей. Говорят, он тащил так километров пять, ни разу не сделав остановки, пока не вернулся тот самый “мессершмитт” и не открыл огонь. В Саксона попало несколько пуль, и он замертво упал в оглоблях и так и остался лежать.

Оттащили ли его с шоссе и похоронили ли в поле, я не знаю. Сомневаюсь. Людям было не до того. И потом, чтоб поднять Саксона с земли, нужен был десяток силачей с нашей улицы, а их среди беженцев не было. Они были на фронте. И все до одного погибли там.

Каждый раз, когда я вспоминаю о войне, у меня портится настроение. Потому что с началом войны кончилось наше детство — детство моего поколения. И многие из моих сверстников так и не стали взрослыми, а остались навеки детьми и лежат с тех пор в братских могилах рядом с папами и мамами, дедушками и бабушками и совсем чужими людьми, которых поставила с ними в один ряд под пули палачей их общая еврейская судьба.

Поэтому я предпочитаю вспоминать предвоенное время — золотую пору нашей жизни, когда мы открывали для себя мир, и мир этот, хоть и не самый лучший, приносил нам свои радости.

Самой большой радостью нашей жизни был, конечно, цирк. Каждый вечер представление начиналось одним и тем же “Выходным маршем” композитора Дунаевского, и если мы слышали его волнующие до слез звуки, не сидя под сенью брезентового купола, а где-нибудь на улице, куда эти звуки доносились, мы чувствовали себя самыми несчастными и обездоленными существами.

С цирком были связаны и другие события. В нашем городе приезжие артисты, если они приезжали не на короткую гастроль, а на целый сезон, предпочитали селиться не в гостинице, которая была захудалой и к тому же дорогой, а на частных квартирах. Многие жители нашего города промышляли сдачей комнат внаем: и кое-какие деньги перепадают, и к тому же можно ближе познакомиться с интересными людьми.

На Инвалидной улице сдавать квартиры чужим людям, поселять их в своем доме, а самим жить стесненно, как будто ты сам у себя в гостях, считалось дурным тоном. Обладатели хороших домов правой стороны улицы зарабатывали достаточно и в лишней копейке не испытывали нужды. А тем, кто ютились на левой стороне, такая лишняя копейка пришлась бы очень кстати, но кто же отважится поселиться в такой лачуге?

На левой стороне лишь один дом выглядел по-человечески — дом грузчика Эле-Хаима Маца. Конечно, этот дом был похуже тех, что на правой стороне, но отличался от своих соседей на левой. И этот дом был единственным на Инвалидной улице, где каждый сезон поселялись артисты цирка.

Однажды там жили музыкальные эксцентрики (супружеская пара), в другой год — канатоходцы (семья: отец, мать и сын), "3 Антонио 3" — так назывались они в афишах.

Нечего и говорить, как мы, все остальные мальчишки с Инвалидной улицы, завидовали Берэлэ Мацу, который каждый год жил с такими интересными людьми под одной крышей.

В тот год, о котором я хочу рассказать, у них поселилась высокая стройная блондинка — "Акробатические этюды на свободно качающейся трапеции". Поселилась одна. Без мужа. Но с ребенком. Белоголовой девочкой, похожей на куклу. Девочку звали Таней. И была она моложе меня и Берэлэ годика на три.

Кто отец этой девочки, спрашивать было неудобно. На Инвалидной улице не было принято родиться на свет без отца. Отец мог умереть, быть арестованным и даже расстрелянным, но он обязательно был вначале. У Тани, возможно, его и вначале не было.

— От артистов и не такого можно ожидать,— сказала моя мама, и мне стало так жаль бедную девочку, как будто она инвалид от рождения: без одной ноги или руки.

Ее мама-акробатка редко бывала дома. Днем — на репетициях, вечером — выступление. Потом — рестораны. Возвращалась она поздно-поздно ночью, когда вся Инвалидная улица спала глубоким сном, и только мама Берэлэ Маца, страдавшая мигренью и бессонницей, через щель видела, что каждый раз она, эта акробатка, была пьяна и стояла нетвердо на ногах, и каждый раз ее провожали новые кавалеры, то танкисты, то летчики, то артиллеристы. Мать Берэлэ определяла их по знакам различия в петлицах и на рукавах шинелей и кожаных “регланов”.

Однажды у их калитки столкнулись два рода войск. Акробатку привезли на казенной машине защитного цвета артиллеристы, а летчики дожидались у ворот. Началась драка без применения огнестрельного оружия. И без шума. Как дерутся настоящие мужчины в нашем городе. Мы в своих домах даже ничего не слышали, никаких звуков. А Берэлэ, который был ближе всех к месту происшествия, потом клялся, что слышал хруст костей под ударами.

Акробатка с ярко накрашенными губами и вся пропахшая духами вбежала прямо в спальню к родителям Берэлэ и, дрожа как осиновый лист (по словам мамы Берэлэ), нарушила сон трудового человека (по словам отца Берэлэ).

— Спасите меня, — попросила она со слезами в голосе, — Спрячьте меня.

— Попрошу отвести взгляд, — сказал, вылезая из-под одеяла, грузчик Эле-Хаим, потому что он спал без пижамы и без нижнего белья, а прямо в чем мать родила. Натянув штаны, он вышел босиком к калитке.

После его появления драка быстро прекратилась. Если верить Берэлэ Мацу, его отец схватил за шиворот двух драчунов. Левой рукой артиллериста, правой — летчика и свел их вместе лбами. От этого соприкосновения раздался гул, как будто ударили в церковный колокол, и оба молодых офицера без лишних слов легли на тротуар, лишившись чувств. В чувство их привело ведро холодной воды, которое не поленился принести из сеней грузчик Эле-Хаим.

После этого он вернулся досыпать, но по пути остановился у закрытой двери комнаты, где жили акробатка с дочерью, и сказал тихо, чтоб не разбудить остальных домочадцев:

— Я дико извиняюсь, но если это будет еще раз, то пусть ваш цирк повысит квартирную плату за перебитый сон трудящегося человека.

Грузчик Мац считал себя трудящимся человеком, а всех остальных, особенно артистов цирка, — бездельниками.

Итак, акробатка редко бывала дома, и маленькая белоголовая девочка, похожая на куклу, оставалась в комнате одна весь день, и мы с Берэлэ взяли на себя заботу о ней. А она с нескрываемой радостью приняла нашу опеку.

Таня была удивительной девочкой. Совсем не похожей на девчонок с нашей улицы. Она была элегантна и грациозна, как, должно быть, положено быть дочери цирковой акробатки. Все в ней было кукольным: и вздернутый тонкий носик, и губки бантиком, и круглые голубые глаза, словно сделанные из фарфора, и маленькие ушки, и белые, цвета молока, волосы, гладкой челкой подрезанные чуть выше бровей. У нее была нежная тонкая шейка и крепенькие, с заметными икрами будущей акробатки, ножки. Одним словом, кукла. Необычное для нашей улицы существо, пришедшее к нам из другого мира, неведомого, таинственного и до жути привлекательного.

Я был покорен полностью. Я влюбился по уши. Это была моя первая и самая сладкая любовь.

Таня была воспитана совсем по-иному, и мы, рядом с ней, выглядели неуклюжими, неотесанными провинциалами. Начнем с того, что она всегда улыбалась. Не хохотала во весь рот, как мы, а улыбалась мягко и очень приветливо, чуть приоткрывая свои губки бантиком, за которыми белели мелкие, как у белочки, зубки. Очень часто говорила “спасибо”, что вообще не было принято на нашей улице, а в особых случаях, когда ей, например, что-нибудь дарили, кланялась, выставляя вперед ножку. Точно так, как это делают в цирке артисты после удачного выступления, когда они выбегают на арену под аплодисменты зрителей. В цирке это называется: сделать комплимент.

А если уж Таня смеялась, то мне казалось, что в комнате звенел маленький серебряный колокольчик. Я потом всю свою жизнь не слышал ни разу подобного серебряного смеха. И при этом сияло все ее круглое личико, а на щечках и на самой середине подбородка возникали маленькие ямочки.

— Какая прелесть! — восклицала она, когда ей что-то нравилось, а так как она смотрела на мир радостно, то ей нравилось очень многое, и поэтому она очень часто повторяла свое: — Какая прелесть!

Мы с Берэлэ между собой даже стали называть ее шутя "Какая прелесть!". И когда она однажды нечаянно подслушала, это ей так понравилось, что она радостно захлопала в ладоши и воскликнула:

— Какая прелесть!

И поцеловала меня в нос, обхватив ручонками мою шею. Удостоился ли такого поцелуя мой друг, я, честно говоря, не могу припомнить, потому что от Таниного поцелуя со мной случилось нечто невероятное: у меня раздался звон в голове, глаза заволоклись слезами, а в носу сладко-сладко защипало, как бывает, когда собираешься зарыдать. Я, конечно, не зарыдал — я же с Инвалидной улицы, где мальчишки в этом возрасте уже не плачут.

Стояло жаркое лето. Днем Инвалидная улица вымирала. Взрослые на работе, а все дети на реке, загорают на прохладных влажных отмелях или с визгом и гоготом ныряют под волны, поднятые старенькими колесными пароходами.

Мы с моим другом добровольно отказались от этих радостей. Потому что нельзя сразу охватить все: и купаться в реке, и проводить время с Таней. Красавица акробатка, Танина мама, категорически запретила ей ходить с нами на реку и даже не позволяла гулять по опустевшей улице из опаски, что девочку может лягнуть лошадь. Тане было позволено выходить лишь в чахлый сад, который рос вокруг дома. Но чаще всего она сидела дома, играя на полу с куклами. И мы, два дурака, ползали по полу вместе с ней и даже находили удовольствие в игре с этими куклами. Если бы раньше кто-нибудь сказал нам, что мы, как девчонки, будем возиться с куклами, мы бы сочли это кровным оскорблением и сказавшему могло бы не поздоровиться.

А теперь мы играли. И наши грубые сердца размякли, и мы бессмысленно и глупо улыбались в ответ на Танин серебристый смех, а она радостно хлопала в ладоши и восклицала:

— Какая прелесть!

Мы сами себя не узнавали. Я стал тщательно мыть каждое утро не только лицо, но и шею, до которой прежде вода и мыло не доходили. И, к величайшему удивлению мамы, стал сам, без понукания с ее стороны, чистить уши, в которых до этого всегда отлагались залежи серы, и мама говорила, что если в моих ушах посадить картошку, она даст больший урожай, чем на хорошо удобренном огороде.

То, что мы с Берэлэ оба без памяти влюблены в Таню, не было секретом для взрослых. Но что странно — не только мои родители, но даже угрюмый грузчик Эле-Хаим Мац не стали посмеиваться над нами, а только удивленно переглядывались, пожимали плечами и разводили руками. Они хоть и не очень понимали все тонкости человеческих отношений, но видели, что Таня влияет на нас облагораживающе, и поэтому не вмешивались, а только радовались в душе.

Танина мама, заставая нас в комнате играющими с девочкой на полу, опускалась на колени, гладила наши стриженые макушки, обдавая острым запахом духов и пудры, и мелодичным голосом говорила:

— Женихи.

Мы не обижались. У меня замирало сердце, когда она меня гладила, а от запахов пудры и духов спирало дыхание. Я уже тогда оценил, до чего она красива — высокая, стройная, с белокурой головой и ярко накрашенными губами. Ее близость загадочно и пугающе волновала меня, и я понимал, почему молодые офицеры в нашем гарнизоне теряли головы и вились вокруг ослепительной акробатки как тучи комаров.

Однажды она сжала мои щеки в своих ладонях и поцеловала меня в губы, и я много дней потом ощущал острый привкус губной помады.

Когда она приходила с провожающими, офицеры тоже с нами заигрывали, нервно смеясь, и называли нас "кавалерами". Тане они всегда оставляли подарки: коробки конфет, плитки шоколада и наше самое любимое и очень редко доступное лакомство — клюкву в сахаре.

Таня никогда не ела эти сладости без нас. Когда мы оставались одни, без взрослых, она доставала коробки и кульки, открывала их, и мы приступали к пиршеству. Без жадности, а благородно. Не торопясь, не забегая вперед. Конфетку мне, конфетку Берэлэ, затем брала себе конфетку Таня. Мы даже спорили с ней, как истинные рыцари, что первой должна съесть конфетку она, потом я, потом уж Берэлэ. Таня, улыбаясь, качала головой:

— Нет, нет, мальчики. Я — хозяйка. Я угощаю. Поэтому первыми получают конфеты гости, а я, хозяйка, уж потом.

То, что мы оба — Берэлэ и я — были влюблены в Таню, это не вызывало сомнения ни у кого, в том числе и у нас самих. Но кого из нас предпочитала Таня — это был вопрос. Не могла же она одинаково относиться к обоим. Все-таки к кому-то чуть-чуть лучше. Короче, кто-то из нас был ее избранником, но, как человек деликатный, она до поры до времени не открывала нам карт.

Мы стали томиться и ревновать. Я подозревал Берэлэ в том, что он, пользуясь своим преимуществом, — Таня ведь живет в его доме, — старается вытеснить меня из ее сердца. Я настолько накачал себя однажды ревностью, что вдруг забастовал и не пошел с утра к Тане.

До обеда я слонялся по дому как полоумный, даже забрался к нам на крышу, чтоб подглядеть, что делается в стане "противника". Я увидел Таню в саду за домом грузчика. Она не смеялась, а бродила под деревьями, и Берэлэ как тень следовал за ней.

— Этого момента вы давно ждали! — чуть не взвыл я на крыше. — Избавились от меня, а теперь не нарадуетесь. Конечно, я был лишним. Как им хорошо без меня!

После обеда к нам во двор зашел Берэлэ и, не глядя мне в глаза, сказал, что Таня послала его узнать, почему я не пришел сегодня и не заболел ли я. Я ответил небрежно, что я не болен, спасибо, мол, за любопытство по поводу моего здоровья и что они могут играть вдвоем, без меня.

— Так и сказать ей? — исподлобья недоверчиво глянул Берэлэ.

— Да, так и скажи, — твердо ответил я.

Берэлэ побежал домой и через пять минут вернулся с встревоженным лицом.

— Я ей передал твои слова.

— Ну и что?

— Она плачет.

Тут меня как ветром сдуло с места, и я, словно по воздуху, перелетел на левую сторону улицы и вбежал в комнату цирковой акробатки.

Таня с зареванным лицом сидела на полу, но, увидев меня, просияла, как солнышко среди дождевых облаков, вскочила на ноги, повисла у меня на шее и стала горячо целовать. Я захлебнулся. Колени мои подкосились. И я чуть-чуть не грохнулся на пол.

Берэлэ все это видел и ни слова не произнес. Вышел из комнаты и прикрыл за собой дверь.

Все стало на свои места. Карты были раскрыты. Я любил Таню, и она любила меня. Берэлэ тоже любил Таню, но его она считала лишь нашим общим другом.

И Берэлэ не обиделся. По крайней мере, не показал этого нам. И остался нашим другом, глубоко в душе похоронив свои чувства.

Я бы так не сумел. Потому что я — эгоист. И большинство людей такие же. А вот Берэлэ — нет. И еще один человек

7 – 7872

умел так же владеть собой в похожей ситуации и не озлобился. Этим человеком был старый цирковой клоун, который поселился на соседней улице и часто заходил навещать акробатку, но обычно заставал дома только Таню и нас с Берэлэ.

В цирке выступали со своим номером два клоуна: Бим и Бом. Бим — высокий и тощий, Бом — короткий и толстый. У них была хорошая программа, и публика их очень любила. В нашем городе после их гастролей всех высоких мужчин называли Бимами, а всех коротышек — Бомами.

Конечно, имена Бим и Бом были кличками. У них обоих были нормальные человеческие имена и фамилии, но не только публика, но и даже сами циркачи не давали себе труда узнать эти имена и прекрасно обходились кличками.

Бом был одиноким человеком и совсем не толстым. Правда, он был невысоким. Это только на арене цирка он казался толстым, круглым, как шар. Его так одевали. И даже накачивали под одежду воздух велосипедным насосом.

Мать Тани, акробатка, была примерно вдвое моложе его, и, по правде говоря, он годился ей в отцы. Да к тому же он был еще и некрасивым: морщинистое бритое лицо с большой бородавкой у правой ноздри, во рту не хватало зубов, а верхняя губа слегка проваливалась. На арене это ему даже помогало: он шепелявил и присвистывал, когда говорил, а публике казалось, что он нарочно так смешно произносит слова, в этом видели талантливый актерский трюк и награждали аплодисментами за мастерство.

Бом в жизни был совсем не смешным. А, наоборот, очень грустным человеком. И добрым. Акробатку он навещал почти каждый день. И почти никогда не заставал ее дома. Он приходил к девочке и, как нянька или дедушка, приносил Тане чего-нибудь поесть и подогревал пищу на кухне у грузчика Эле-Хаима. Потом он собирал грязное белье, и не только Танино, но и ее мамы, и относил в прачечную. Мне и Берэлэ за то, что мы играем с Таней и не даем ей скучать, он всегда приносил что-нибудь: то свисток, то разноцветные карандаши.

Мы его называли дядя Бом, а Таня звала Бомчиком. Как и ее мама, когда он изредка заставал ее дома. Если он натыкался при этом на провожавших ее офицеров, то нисколько не дулся на них и был с ними дружелюбен, а те, узнав в нем клоуна, который потешал их в цирке, не могли удержаться от смеха, когда смотрели на него и слушали, как он шепелявит.

Из нас двоих Бом отдавал явное предпочтение Берэлэ, в котором он быстро опознал своего двойника. Оба они любили без взаимности и оба не ожесточились, а продолжали любить, не навязываясь и не изображая из себя страдальцев. Они даже чем-то были похожи. Возможно, оттого что были коротышками. И еще выражением глаз. Глаза у них у обоих были печальные. Даже когда они смеялись.

Так прошло лето.

В сентябре мы снова пошли учиться, и, к нашей радости, из-за того, что гастроли цирка были продлены, Таню тоже записали в нашу школу, и мы с Берэлэ могли провожать ее туда и обратно.

С какой радостью отныне просыпался я по утрам, заранее предвкушая нашу совместную прогулку в школу. Мы с Таней обычно шли рядом, болтая и смеясь, а Берэлэ — позади нас. Он нес, кроме своего, еще и Танин портфель. Он тоже смеялся. Но не когда я говорил что-нибудь смешное, а когда говорила Таня. Сразу после уроков мы дежурили у дверей ее класса, и Берэлэ держал наготове Танино пальто, которое он успевал взять в гардеробе. Таня брала у него пальто и отдавала свой портфель. Домой мы возвращались тем же порядком: я — рядом с Таней, Берэлэ — чуть позади.

Дни стали прохладными. Пошли дожди, и брезентовый конус цирка намок и стал темным. Листья облетали с деревьев и лежали желтыми пятнами на влажной черной земле.

В конце сентября Таня заболела. Тогда я впервые услыхал страшное название новой болезни: менингит. Ею болели дети. У нас в городе началась эпидемия, и каждого, у кого обнаруживали признаки этой болезни, немедленно увозили в больницу. Вместе с мамой.

Таню тоже увезли. И мы с Берэлэ осиротели. Мир вокруг нас поблек и стал серым. Ну как можно прожить день, не услыхав серебристого, как звон маленького колокольчика, смеха Тани, не увидеть ее улыбку и три ямочки, возникавшие при этом: две на щеках и одну на подбородке?

Мы не знали, куда девать себя. Мы ходили очумелые, как будто нас крепко стукнули по голове.

Менингит считался заразной болезнью, и к дому Берэлэ приехала санитарная машина, чтобы сделать дезинфекцию, после чего там остро воняло карболкой. Нас же обоих, состоявших в близком контакте с больной, перепуганные родители отвели в поликлинику и успокоились лишь тогда, когда после тщательного осмотра врачи единодушно подтвердили, что мы счастливо избежали заражения. Моя мама на всякий случай запретила мне заходить в дом к Берэлэ, чтоб я не подхватил инфекцию, которая каким-нибудь чудом выжила там и после дезинфекции ждет, когда я, шлимазл, подвернусь ей под руку.

Теперь мы с Берэлэ встречались только в школе, и он приносил мне последние новости из больницы. Таня, по его словам, чувствовала себя хорошо, и появилась надежда на ее скорое выздоровление. У нее, к счастью, легкий случай, а в тяжелых случаях почти никто не выходил из больницы живым. Все новости Берэлэ узнавал у старого клоуна Бома, который каждый день ходил в больницу и носил Тане и ее маме передачи.

Мне хотелось хоть одним глазом увидеть Таню, и Берэлэ взялся это устроить. Он договорился с Бомом. Мы, конечно, ничего дома не сказали. Захватив портфели, мы дошли до школы, но завернули к Бому. Он взял извозчика, и мы втроем поехали в больницу. Берэлэ Бом взял к себе на колени, а меня усадил рядом с собой. Моросил мелкий дождик, и извозчик поднял кожаный верх фаэтона, так что с улицы никто не мог нас увидеть. С одной стороны, это было хорошо, меньше шансов родителям узнать, что мы, нарушив запрет, ездили в больницу. Но с другой стороны, пропадал всякий эффект: никто из мальчишек не мог увидеть своими глазами, как мы разъезжаем на извозчике, да еще в компании с цирковым клоуном.

Бом привел нас к тому красному кирпичному корпусу, над дверью которого была надпись: “Инфекционное отделение”, и показал нам окно на втором этаже, рядом с которым, по его словам, стояла Танина кровать. И действительно, скоро в окне появилась голова Таниной мамы, очень изменившейся за это время. На ее губах уже не было яркой помады, белокурые волосы не были завиты и свисали нечесаными прядями. Но она по-прежнему была красивой и улыбнулась, увидев нас троих под черным зонтом, который держал в руке Бом.

Потом она на миг исчезла и снова появилась за окном, держа в руках нечто вроде раздетой куклы, с которой сорвали волосы. Я обмер. Потому что с трудом узнал в этой ободранной кукле Таню. Ее остригли наголо в больнице, и уже больше не было белых локонов, а была лишь круглая, как шарик, головка с маленькими ушками по бокам. На Тане была белая больничная рубаха, и от этого она казалась незнакомой и чужой. Но когда она узнала под зонтом рядом с Бомом Берэлэ и меня, улыбка выдавила две ямочки на похудевших щеках и третью на подбородке. Она послала нам воздушный поцелуй и что-то сказала, но мы ничего не могли понять, потому что звук не проходил через плотно закрытое окно. Мы тоже кричали ей в ответ, и тогда она мотала головой, показывая, что не слышит, и мы продолжали кричать все громче, до хрипоты, пока Таню не унесли в глубь палаты.

Я вернулся с этого свидания без всякого чувства тревоги, которое томило меня эти дни. Ну, еще недельку потерпеть, думал я, и Таня вернется домой, и волосы ее отрастут, и мы снова будем ходить в школу втроем, и Берэлэ будет носить ее портфель.

Как обычно, в то утро я поспешно завтракал, чтобы не опоздать в школу, и услышал, как мама в кухне жалуется отцу:

— Когда это наконец кончится? Можно сойти с ума! Один ребенок умирает за другим. Ее уже привезли домой.

— Кого привезли? — Я вбежал в кухню с набитым кашей ртом.

— Сначала проглоти, потом разговаривай, а то подавишься.

— Кого привезли домой? — повторил я.

— Ну, ее... Эту девочку... — отвела глаза мама. — Твою барышню.

— Таня уже выздоровела?

Дальше мама говорить не стала и, отвернувшись от меня, заплакала так, что у нее затряслись плечи.

У дома грузчика Эле-Хаима Маца уже толпились люди, а во дворе и в саду было полно незнакомых мужчин и женщин — это пришли на похороны циркачи. Без своих ярких, в блестках, костюмов, а в обычных пальто и плащах, и, хоть я влетел туда сам не свой, все же опознал среди них и музыкальных эксцентриков, и борцов, и канатоходцев. Бим и Бом, тоже не в клоунских нарядах, а в черных пальто, стояли вдвоем, и высокий тощий Бим положил руку на плечо короткому Бому. Бом плакал при всех. Не стесняясь.

В глубине сада тускло поблескивали медью и серебром геликоны, контрабасы и тромбоны циркового оркестра, а один музыкант пробовал свою серебристую трубу, издавая долгий плачущий звук.

В сенях передо мной мелькнуло белое, как будто густо посыпанное мукой, лицо акробатки с яркими, почти черными, губами.

— Горе-то какое у нас,— всхлипнула она, завидев меня, и заломила руки. Ее подхватили какие-то мужчины, поднесли к носу флакон с чем-то.

— Пропустите мальчика к ней, — сказала она. — Он был ее другом.

Старый клоун Бом взял меня за плечи, повел мимо расступившихся людей в комнату, где прежде жили Таня с мамой. Из комнаты вынесли все вещи и мебель. Оставили только стол. На столе стоял дощатый фоб, обтянутый красной материей, вторая половина гроба стояла у стены.

В гробу лежала она. В цветастой шелковой косынке, повязанной вокруг наголо остриженной головы, в коричневом платьице, в белых чулках и черных лакированных туфлях. Желтые маленькие ручки Тани были сложены на животе. Глаза закрыты, ресницы бахромой лежали на впалых щеках, и веки казались голубыми, словно сквозь них проступал цвет Таниных глаз.

Бом поставил меня у изголовья открытого гроба и, осторожно ступая на носках, деликатно вышел, чтоб я мог наедине попрощаться со своей любовью.

Я остался один и не знал, как прощаться. Я впервые сталкивался со смертью близкого мне человека и стоял неподвижно, будто оглушенный, и ни на чем не мог сосредоточиться. Единственное, что поразило меня и запало в память, — это то, что Таня неестественно вытянулась, стала длинной-длинной, намного выше, чем была при жизни, и еще то, что ее носик заострился и выглядел как будто он костяной, так что мне даже хотелось потрогать его пальцем и проверить.

Больше я ничего не запомнил. Из оцепенения меня вывела Танина мама. Я не слышал, как она вошла, но почувствовал ее холодную ладонь на моем плече. Она коснулась губами моего лба и увела меня от гроба.

Во дворе народу прибавилось. Музыканты вразнобой пробовали инструменты, и каждый звук резал мой слух так, что я вздрагивал. Ко мне подошел Берэлэ. До этого я не видел его ни во дворе, ни в доме. Он кусал губы и сопел.

— Ты ее видел?

Я кивнул.

— А я не могу...

Мне хотелось обозвать его "слабаком", но я промолчал. Мне вообще не хотелось разговаривать.

Когда цирковые артисты вынесли на руках красный гроб, поставили в кузов грузовика с откинутыми бортами и положили вокруг гроба множество венков из еловых ветвей и желтых, красных и белых георгин, внезапно появилась моя мама и схватила меня за руку:

— На кладбище ехать не смей! Ты забыл, от чего она умерла? Девочка мертвая, но инфекция жива!

Я вырвал свою руку из маминой и, не взглянув на нее, пошел к клоуну Бому, который садился в фаэтон, и усадил

Берэлэ рядом с собой. Когда я подошел и встал на подножку фаэтона, Бом обеими руками поднял меня и посадил к себе на колени, прижав мою голову к своей груди, и дрожащей ладонью погладил мое лицо.

Мама не осмелилась подойти к нам.

Музыканты, надев через головы геликоны и контрабасы, построились за гробом. Наступила жуткая тишина, и вдруг сразу взвыла, запричитала печальнейшая из печальных, сладко-горькая, как трупный запах, мелодия похоронного марша Шопена. Я перестал дышать, боясь, что завизжу, как маленький обиженный ребенок.

Процессия тронулась по Инвалидной улице, во всех окнах, раскрытых настежь, виднелись испуганные, застывшие лица женщин.

Я смутно помню, что происходило на кладбище. Помню лишь запах мокрой земли и прелых осенних листьев.

Прежде чем гроб закрыли крышкой, старый клоун подвел к нему Танину маму, и она поцеловала свою дочь в желтый лоб. Я даже успел подумать о том, что Танина мама непременно заразится менингитом и тоже умрет, но тут же вспомнил, что эта болезнь передается только детям, а не взрослым. И тогда я стал свидетелем подвига, равного которому потом не встречал.

Мой друг, Берэлэ Мац, которого Таня не любила, отдав предпочтение мне, протолкался среди взрослых к гробу, и как только клоун Бом отвел от него Танину маму, упиравшуюся и всхлипывающую, он обхватил изголовье фоба руками, приподнялся на носках и поцеловал мертвую девочку в губы.

Потом гроб закрыли крышкой и послышались удары молотка по гвоздям, которыми навечно заколачивали от нас Таню. Берэлэ нашел меня, взял за руку и отвел в сторону за другие могилы. Здесь мы были одни, без свидетелей. Мы видели лишь черные спины людей, окруживших могилу, которую уже засыпали мокрой землей, перемешанной с желтыми прелыми листьями.

— Слушай, — засопел Берэлэ, отводя глаза,— Ты поплачь... Не стесняйся.

— Не могу, — прошептал я.

— Надо, — сказал Берэлэ. — Когда плачут, легче. Иногда и мужчины плачут.

Он засопел еще больше, отвернулся от меня, припал лицом к серому деревянному кресту на чьей-то могиле и заскулил, как щенок, которому наступили на лапу.

И тогда я тоже дал волю слезам.

На Инвалидной улице не держали собак, Боже упаси! Кому это захочется просыпаться ночью от собачьего лая только потому, что какой-то полоумной собаке приснился собачий бред? На Инвалидной улице жили работяги, и ночью они отдыхали от трудов праведных и храпели так, что тряслись стены. И еще неизвестно кто храпел громче: балагулы или их шестипудовые жены. В любом случае и без собачьего лая по ночам хватало музыки. Потом, судите сами, каких собак можно было заводить на Инвалидной улице? Крохотных и хилых пуделей или болонок? Даже смешно слышать. Они бы и дня не прожили у нас. Обязательно подвернулись бы под огромный сапог балагулы и были бы раздавлены в блин. Уж поверьте мне! Кроме того, кто держит таких собачек? Бездетные женщины, которым некого больше жалеть и любить. Наши же женщины имели по куче детей, и им, слава Богу, было на ком сосредоточить не только свою любовь, но и ненависть, в которую очень скоро переходит любовь.

Такова c'est la vie, — как сказал бы Нэях Марголин, самый грамотный из всех балагул на нашей улице, потому что он прочитал в своей жизни одну книгу и знал два иностранных слова, о значении которых, я уверен, он больше догадывался, нежели знал.

Еще он любил выражаться так:

— Entre nous, но между нами.

И таинственно прикладывал палец к губам, от чего слушатели почтительно немели, предчувствуя, что он собирается изложить им нечто совершенно секретное.

Следовательно, любая собачонка попросту не прижилась бы на Инвалидной улице.

— А большие сторожевые псы? — недоверчиво спросите вы.

— Ну, это уж совсем смешно, — как ребенку, отвечу я вам.

В каком дворе на Инвалидной улице могут нуждаться в сторожевом псе, если в доме живет балагула и у него такая тяжелая рука, что не дай Бог под нее подвернуться? Если балагула схватит вора за руку, то — прощай рука, а если за шею, то уж не будет больше этой шеи, а следовательно, и головы, которая до того на этой шее качалась. Никогда на Инвалидной улице не воровали. Только безумцу могла прийти в голову такая шальная мысль. Но безумцы, слава Богу, обходили нас стороной.

Отсюда вывод: собак на Инвалидной улице не держали потому, что в этом не было никакой нужды. На нашей улице жили трезвые здравомыслящие люди, и глупостями просто так они не занимались. Мы жили без собак и, ей-Богу, не хуже, чем иные с собаками. Как говорится, каждому свое. Но однажды собаки вмешались в нашу жизнь, и это повлекло за собой много событий, в том числе и кровавых. И конечно, не обошлось это без участия моего друга Берэлэ Маца, потому что ни одно интересное событие на нашей улице не могло обойтись без его маленькой, стриженной наголо головки с узким лобиком и большими, как лопухи, ушами.

В Саду кустарей, под верандой ресторана, в прохладной тени на подстилке из прелых прошлогодних листьев ощенилась приблудная собака, и целая куча пятнистых щенят, еще слепых, но уже голосистых, копошилась у сосков старой бездомной матери, даже не чуя, что над их головками с розовыми носиками сгущаются тучи. Враг всего живого, как не без основания считали мы, дети Инвалидной улицы, герой гражданской войны одноногий сторож Иван Жуков получил от начальства приказ очистить сад, являющийся местом культурного отдыха советских людей, от заразы и ликвидировать щенят любым способом, какой он, Жуков, найдет уместным.

Жуков не стал долго мудрить. Выпил сто граммов водки на веранде, кряхтя полез под ее щелистый пол, выставив наружу, как пушку, свою деревянную ногу с окованным железом круглым концом. Сука, не выдержав запаха спиртного, каким Жуков провонял насквозь, метнулась прочь, утратив на миг даже свой материнский инстинкт. Жуков сгреб щенят в мешок, вылез из-под веранды, взвалил шевелящийся и попискивающийся мешок на спину и на своей деревянной ноге заковылял к грязному, заросшему осокой пруду, где было вязкое илистое дно на никем не промеренной глубине, и потому купаться там под страхом штрафа воспрещалось не только детям, но и взрослым.

На почтительном расстоянии плелась, как побитая, мать щенят — старая облезлая сука, жалостно, заискивающе виляя хвостом и через каждый шаг припадая животом и мордой к земле, словно кланяясь, умоляя о пощаде. Я могу поклясться, что в глазах у нее были слезы. Совсем человеческие. Как бывает у нас с вами, когда становится совсем уж невмоготу.

Если бы был сейчас жив Берэлэ Мац, он мог бы подтвердить это, потому что, кроме нас двоих, никто живой не был тому свидетелем.

Но Берэлэ уже давно нет в живых. И мы лишены возможности спросить его. Так же, как мы лишились многого иного, что мог бы дать людям этот непохожий на других человек, доживи он до наших дней.

Берэлэ и я следовали в отдалении за этой грустной процессией, и сердца наши изнывали от щемящей жалости, бессильной и оттого еще более горькой. Иван Жуков сначала стучал своей деревянной ногой по твердому грунту дорожки, потом звуки его шагов стали глуше и мягче, затем зашлепали и зачавкали, потому что он подошел к самой воде и деревяшка стала увязать среди мокрых кочек. Угрюмо оглянувшись на суку, следовавшую за ним, как привязанная, он швырнул в нее камнем, и она, отпрыгнув с прощальным визгом, скрылась. А мы с Берэлэ, накалывая руки об острые как бритва края осоки, выбрались к воде и слышали и видели с остановившимися сердцами, как Иван Жуков — гроза всех детей и всего живого — деловито совершал гнуснейшее преступление. Фальшиво напевая под нос известную песню времен гражданской войны, где говорилось о молодом красном революционере, умиравшем за счастье трудящихся от сабли белого казака, он туго стянул веревкой верх попискивающего мешка, завязал крепким узлом, даже зубами затянул до отказа конец веревки и, размахнувшись мешком так, что тот сделал круг над его головой, швырнул далеко, на самую середину пруда. Мешок, будто он был тяжелый как камень, шлепнулся о поверхность стоячей, густой, как смола, воды и с причмокивающим звуком моментально всосался, словно его проглотили, в холодную черную глубину. Зеленая, похожая на гной, ряска разомкнулась и снова сошлась и даже перестала колыхаться. Неслыханное, страшнейшее в истории убийство невинных, неспособных защищаться свершилось на наших глазах. И никого это не тронуло, кроме нас двоих, стоявших как оглушенные на нетвердых зыбких кочках. Никого. Ни Бога, который, если верить бабушке, справедливей всех на свете, ни советскую власть, которая, если верить маме, беспощадно карает врагов рабочего класса, а если верить школьным учителям — самая справедливая власть в мире. Так вот, в эти минуты Иван Жуков заслуживал кары вдвойне. И от советской власти, и от Бога. По нашим понятиям, он был врагом не только рабочего класса, но и всего живого.

Между тем весь мир остался равнодушным к преступлению. За исключением одного человека. Самого справедливого из всех. Я услышал у своего уха сопение Берэлэ Маца, из его правой ноздри от волнения стал выдуваться разноцветный пузырек. Берэлэ рывком втянул его обратно и поднял раздвинутые два пальца, большой и указательный. На пальцах была надета красная резинка от маминых подвязок. Другая рука натянула резинку до отказа, и Берэлэ сразу стал похож на индейца Соколиный Глаз, стреляющего из лука. Камешек, пущенный им из рогатки, угодил Ивану Жукову в переносицу, и я своими глазами видел, как из красного алкогольного носа убийцы хлынула черная кровь, и своими ушами услышал бурные аплодисменты, переходящие в овацию. Это хлопали в ладоши ангелы, приветствуя возмездие. Мне потом никто не верил, когда я это рассказывал. Кроме бабушки. Она все подтвердила, сказав, что я умнее своих родителей, которые поверить в ангелов отказались.

Дальше все развернулось, как в кинофильме о красных партизанах. Берэлэ свистящим шепотом отдал приказ:

— Бегом! Отвлечь противника!

И я сорвался с места, запрыгал по кочкам, стараясь не увязнуть, и, не прячась, пробежал мимо Ивана Жукова, и он, захрипев от бешенства, задергался на своей деревяшке и с чавкающим хлюпаньем устремился за мной. Я бежал не быстро, чтоб он не терял меня из виду, даже оборачивался и показывал ему язык, вызывая новый взрыв бешенства и неосуществимое желание поймать меня и растерзать. Когда мы ушли таким образом подальше от пруда, я рванул в сторону и Жуков остался с носом. С разбитым носом, куда точно угодил мстительный камешек, пущенный недрогнувшей рукой Берэлэ Маца.

Сделав для страховки большой круг, я вернулся к пруду и не нашел там моего друга. Лишь на одной кочке я обнаружил все, что осталось от него: короткие штанишки и рубашку с порванным на локте рукавом. Я все понял и с тревогой стал шарить глазами по зеленой и мертвой поверхности пруда, надеясь по булькающим пузырькам определить место погружения моего друга. Никаких пузырьков не было и в помине. Ряска, как жир на прокисшем супе, даже не шевелилась. Я уже готов был закричать от страха и обратил испуганное лицо к домам, чтобы звать на помощь, как услышал за спиной булькающий звук и увидел выскочившую из пруда голову Берэлэ, черную, как у негра, от комьев грязи, с прядями длинных водорослей на больших оттопыренных ушах и с белой улыбкой в тридцать два квадратных зуба. Он затряс головой, как собака после купания, чтобы стряхнуть ил с лица, и крикнул мне радостно:

— Нашел!

Затем он поплыл ко мне, загребая одной рукой. Берэлэ, грязный как черт, вышел на берег и зашлепал по кочкам, таща за собой мокрый, пропитанный черным илом мешок.

8 – 7872

— Спорю, они — живые! — победно выдохнул он мне в лицо. — Развязывай быстрее!

Я упал на колени, стал рвать веревку. Узел, намокнув, совсем окаменел и никак не поддавался. Берэлэ, вздрагивая от озноба, шарил руками по мешку, нащупывая тельца щенят, и торопил меня:

— Они еще дышат! Скорее!

Узел не поддавался.

Мы стали рвать его зубами. Сначала по одному, потом оба вместе. Стоя на четвереньках. Уперевшись лбами, как два пса, и даже рычали от нетерпения. Нужен был нож. Любой. Даже маленькая безопасная бритвочка, которой чинят карандаши. И щенки были бы спасены. Но ножа не было. Мы исступленно рвали зубами мокрую пеньковую веревку на волокна (у меня потом долго шатались передние зубы), и когда, уже совершенно выдохшись, развязали наконец мешок, было поздно. Мокрые слепые щенята не подавали никаких признаков жизни. Мы разложили их в ряд на траве, и они лежали, беспомощно устремив к небу тоненькие лапки и вздутые розовые животы.

Берэлэ прикладывал ухо к каждому животику, пробовал сделать щенятам искусственное дыхание по системе Сильвестра и Шеффера, как учили наших мам, в предвидении скорой войны, приводить в чувство раненых. Он складывал щенятам, как людям руки, передние лапки на груди и потом широко разводил их в стороны. Раскрывал забитые илом ротики и дышал туда изо всей силы, надеясь таким путем оживить бездыханные трупики. Тщетно. Щенята были мертвы бесповоротно, и нам обоим захотелось плакать. Но на Инвалидной улице мальчики не плачут. Это не принято. Когда им больно, они кричат, потому что крик заглушает боль и тогда становится легче.

Нам не было больно, нам было горько. Мы сжали зубы и с тоской смотрели на мертвых щенят, словно это были наши младшие товарищи, павшие в неравной борьбе, а мы оказались слишком слабы, чтобы их защитить.

Оставалось лишь одно: воздать жертвам преступления посмертные почести и похоронить в братской могиле, как это было сделано в нашем городе с героями революции. Мы решили похоронить их тоже на высоком месте, где сухая земля, и нашли подходящий укромный уголок за нашим домом. Не откладывая, стали рыть братскую могилу. Земля была действительно сухой и твердой, как камень. Лопата ее не брала. Сообразительный Берэлэ послал меня за топором, и дальше все пошло как по маслу. Берэлэ, как дровосек, с размаху врубался топором в землю, мельча и кроша ее, а я руками выгребал из ямки. Мы работали как хорошо налаженный механизм. Когда топор взлетал вверх, я быстро опускал руку в ямку. Когда топор шел вниз, я успевал вытаскивать землю. И ямка становилась все глубже, а вокруг нее росли холмики рыхлой земли. Так всегда получается, когда делают дело с умом. А Берэлэ отличался исключительной смекалкой и выдумкой.

Подвел его я, шлимазл. Зазевался на мгновение и сунул руки не вовремя. Острие топора врезалось в мой безымянный палец. В самый кончик. Раздробив ноготь и сломав кость последней фаланги. Кровь хлынула через комья земли, облепившие палец, как ручейки весной из-под снега. Я завертелся на одной ноге волчком и закричал как недорезанный, потому что плакать не умел, а криком можно успокоить боль. На мой крик прибежала мама и закричала на всю улицу, что этот бандит, выкрест, хулиган и вор отрубил мне руку. Стали собираться соседи, а отец Берэлэ, грузчик Эле-Хаим Мац, уже бежал к нам, снимая на ходу ремень.

Когда мама несла меня на руках к доктору Беленькому в сопровождении быстро растущей толпы охающих женщин, вслед мне неслись крики Берэлэ, которого отец сек показательно, прямо на улице, зажав его голову между своих колен и выставив наружу его тощий, исполосованный ремнем задик. Наши крики слились воедино и потому быстро приглушили мою боль. Но не его. Потому что его продолжали сечь, и с каждым ударом становилось больнее. Я не обижался на Берэлэ. Он же не нарочно отрубил мне палец, а по моей вине. Его секли из-за моей оплошности, и он не только не презирал меня, а, наоборот, совершил вскоре такой поступок, после которого мне окончательно стало ясно, что он величайший человек на земле, а я рядом с ним — ничтожество, недостойное не только его дружбы, но даже взгляда, брошенного мельком. Его и нет в живых потому, что великие личности рано покидают этот мир, а я живу и копчу небо до сих пор, потому что... вы сами понимаете... что тут объяснять?

Доктор Беленький при всех своих достоинствах обладал одним недостатком: не любил ходить пешком. От его дома до нашего было пятьсот шагов, но надо было бежать за три улицы на центральную, где была стоянка извозчиков, и на фаэтоне заезжать за ним. Только так он добирался к своим пациентам. Было ему очень много лет, но, несмотря на возраст, был высок и могуч и отличался от балагул тем, что носил на большом носу пенсне с золотой цепочкой. Нэях Марголин, самый грамотный из балагул, клялся, что у доктора Беленького отличное зрение и в его пенсне стекла обычные, а носит он пенсне исключительно для того, чтобы иметь интеллигентный вид.

Доктор Беленький лечил все болезни и с бедных платы не брал. Его обожала вся улица не только за то, что он может мертвого поставить на ноги, но особенно за то, что он никогда не кривил душой, как другие доктора, и говорил пациенту правду.

Скажем, приходит к нему столетняя бабуля с Инвалидной и жалуется, что больше десяти ведер воды принести не может, начинаются боли в животе. Доктор Беленький вежливо попросит ее раздеться до пояса, постучит по ребрышкам, прослушает в трубочку и говорит ласково и убедительно:

— Пора умирать.

Бабуля кокетливо прикрывает рубашкой то, что было когда-то грудью, и говорит ему искренне, как родному человеку:

— Что-то не хочется, доктор.

А он похлопает ее по плечику и дружески, как своему человеку, скажет:

— Ничего, одумаетесь и согласитесь.

Вот так. И он честно все сказал, и ей приятно, потому что поговорили по душам. И никаких обид. Вроде наобещал черт знает что, а человек взял и умер. Наоборот, человек умер спокойно, потому что доктор Беленький ему все сказал, а уж он не обманет. Авторитет доктора Беленького еще больше возрос после того, как его квартиру хотели ограбить, и доктор поймал ночью незадачливого грабителя, не знакомого с нравами нашей улицы, собственноручно оглушил его ударом по голове и сам же наложил ему швы, прописал лекарство и отпустил, дав денег на дорогу, чтоб он мог незамедлительно покинуть наш город и больше сюда носа не показывать.

Вот такой был доктор Беленький. Он впустил в кабинет только мою маму с пострадавшим, то есть со мной, захлопнул двери, и всем остальным ничего не оставалось, как прилипнуть сплюснутыми носами к стеклам окон, чтобы увидеть, как мне будут пришивать палец. Уже лежа на столе, я услышал сказанное мамой слово “наркоз”, и мое сердце затрепетало от сладкого предвкушения: ведь насколько я знал, на всей Инвалидной улице еще никому не давали наркоз, и я мог стать центром внимания, повествуя о никому не ведомых ощущениях.

Доктор Беленький вдребезги разбил мои тщеславные мечты — он категорически отказался делать операцию под наркозом, сказав маме, но так громко, чтобы слышал и я, что будет слишком много чести для такого сопляка, если дать мне наркоз, и лучше сохранить такой ценный медикамент для более достойных людей.

Я стал протестовать и даже вырывать у него обрубленный палец, но доктор Беленький прижал меня к столу широкой, как таз, ладонью так, что косточки затрещали, и пригрозил, что выбросит меня вместе с моим пальцем в окно прямо на глазеющих за стеклом женщин, если я скажу еще хоть одно слово. Потом смягчился и даже подмигнул мне поверх пенсне.

— Так и быть, — сказал он. — Если тебе когда-нибудь, а я верю, это будет скоро, оторвут голову, приходи — получишь наркоз. При твоей маме обещаю.

Что я могу на это сказать? Когда человеку не везет, то не везет уж до конца. Я так ни разу в своей жизни не попробовал наркоза. Даже во время войны, когда очень многим моим сверстникам поотрывало головы, я как-то умудрился сохранить свою на плечах. Хотя и был весьма близок к предсказанию доктора Беленького.

Короче говоря, я так ни разу в своей жизни не нюхал наркоза. Доктор Беленький тогда пришил мне висевший на сухожилиях кончик пальца, а через неделю все срослось самым наилучшим образом, и даже швы сняли. Остался тоненький шрам, и ноготь стал расти не ровно, а бугром. Только и всего.

Когда я выздоровел и впервые был выпущен из постели на улицу с забинтованным пальцем и с рукой, подвязанной к шее куском марли, первым, кто попался мне навстречу, был Берэлэ Мац. У него тоже рука была подвязана к шее и тот же, что у меня, безымянный палец был толсто забинтован.

Я спросил, что это? Берэлэ замялся и сказал, что пустяки.

Потом я все узнал. А теперь слушайте вы и запомните на всю жизнь, каких людей редко, но все же рожает наша земля.

Берэлэ Мац, мучаясь от того, что нанес мне увечье и сделал инвалидом, решил покалечить сам себя, чтобы мы были квиты. Он вынес из дома топор, положил свой безымянный палец на скамейку, прицелился и тюкнул. Верхний кусок пальца отскочил и пропал в траве. Он долго боялся сказать отцу и потерял много крови. Его пришлось положить в больницу. Обрубок пальца зажил. И, когда он вернулся домой, отец его снова высек. На сей раз за членовредительство, за то, что он почти погубил свою будущую карьеру скрипача. Правда, даже его отец грузчик Эле-Хаим тогда не знал, что сохрани Берэлэ свой палец, все равно никогда бы ему не быть великим музыкантом. Потому что скоро, очень скоро началась война, и Берэлэ не стало.

Но тогда мы с ним встретились после больницы. Оба в марлевых повязках. У меня под бинтом был весь сросшийся палец, а у него — половина. И мне было стыдно перед ним, словно я сжульничал.

Он поманил меня здоровой рукой, повел в глубину двора и молча показал песчаный бугорок в траве. Это была братская могила загубленных Иваном Жуковым щенят и кончика его, Берэлэ Маца, безымянного пальца. Мы встали по обе стороны бугра, и у каждого на марлевой повязке висела забинтованная рука, и мы оба опустили головы, чтя память погибших. Точь-в-точь как герои гражданской войны у могилы своих товарищей по оружию.

Говорят, что евреи — самые богатые люди. Когда я это слышу, я начинаю смеяться. Внутренним смехом. Чтобы не обидеть того, кто говорит такие глупости.

Столько нищих, которые ходят из одного еврейского дома в другой с протянутой за милостыней рукой, я не встречал потом нигде в мире. Еврейские местечки и маленькие городки в Польше и в России невозможно представить себе без нищих. В рваной одежде, в разбитой обуви, с нечесаными головами, в одиночку и парами: муж и жена, а то и втроем, с грязным ребенком на руках, шли они каждый день, как на службу, из дома в дом и собирали положенную им дань — ломоть хлеба, пару картошек, желтые перезревшие огурцы, а если особенно повезет, немножко мелочи, которую они складывали в жестяную банку от консервов, чтоб звенела.

Где жили эти люди, где ночевали, где мылись, если вообще мылись когда-нибудь, никто не знал. Они появлялись на улице рано утром и начинали обход со строгим интервалом в пять — десять минут, не забегая вперед и соблюдая порядок, чтоб не пугать хозяек, появись они сразу скопом, и не обижать своих коллег, опередив их. К обеду их нашествие кончалось, и они исчезали, словно испарившись в воздухе.

Их знали не по именам, а по кличкам. И они охотно откликались на клички. Я даже думаю, что они своих подлинных имен и не знали. И хоть в СССР была строгая паспортная система и каждый гражданин был обязан носить с собой удостоверение личности, они, нищие, уверен, документов никаких не имели, и никто этих документов у них не спрашивал. Как не спрашивают документа у козы. Хотя нет, вру. Коза должна быть обязательно зарегистрирована, чтобы взыскивать с ее хозяина налог. С нищих ничего не взыскивали. Что с них возьмешь? Пару вшей да сухую корку хлеба?

Жители нашей улицы жалели нищих и не обижали их. У каждой хозяйки на кухне хранилось немного мелочи про запас, чтобы дать милостыню сразу, когда нищий войдет, и не бегать за деньгами в глубину дома. Потому что иначе оставалась без присмотра кухня, кипящие горшки в печи и на примусе, и сам нищий тоже оставался один на кухне и мог не устоять перед соблазном стащить что-нибудь.

Но это были нищие свои, домашние. Они были такой же частью пейзажа нашей улицы, как чугунная водопроводная колонка, где балагулы поили своих широкозадых, с мохнатыми ногами коней-тяжеловозов, и как огромная столетняя ель на углу. У ели были большие темные лапы, и на самой вершине мотались на ветру обрывки женской шали. Оттуда, по преданию, спрыгнула, сойдя с ума, богатая старуха, когда у нее после революции отобрали и национализировали мельницу, на которой работал теперь грузчиком отец моего друга Берэлэ Маца. А шаль ее зацепилась за еловые лапы и висит уже много лет, все больше истлевая под дождями и снегом. Снять ее никто не пробовал — слишком высоко надо лезть. А как туда забралась сумасшедшая старуха — одному Богу известно.

Так вот, если бы нищие в один день исчезли с нашей улицы, мы почувствовали бы себя так же неуютно, как если бы балагулы перестали поить своих коней у колонки или кто-нибудь срубил бы древнюю темную ель: улица потеряла бы свое лицо.

Но в городе были еще и другие нищие — более высокого класса, которые не опускались до того, чтоб ходить из дома в дом, собирая жалкую дань, а стояли как часовые на посту, каждый на своем излюбленном месте, на главной улице города, именуемой Социалистической, и не просили милостыню, а лишь снисходительно брали ее у прохожих, словно оказывали им, прохожим, честь. Я бы даже не назвал это милостыней. Они брали плату за концерт, которым потешали публику. Эти нищие были достопримечательностью нашего города. Как мраморный памятник героям гражданской войны, высившийся неподалеку на покрытой булыжником площади. Одеты они были так живописно, что я до сих пор уверен — у театрального художника не хватило бы фантазии так обрядить артистов, понадобись это ему по ходу пьесы.

Особенно я запомнил двух нищих. Одного звали Копейка. Он стоял зимой и летом в старом овчинном кожухе с неимоверными дырами, откуда наружу вылезала шерсть, на ногах — плетеные лыковые лапти, какие в старой России носили крестьяне, у которых на покупку кожаной обуви не было денег. А на голове — кокетливая женская фетровая шляпка с полями и красным гусиным пером, воткнутым за шелковую ленту. Все его лицо до кустистых бровей заросло дремучей седой бородой, из которой торчал только нос. Он был беззуб, и, когда жевал, лицо съеживалось гармошкой, борода сливалась с бровями и даже нос исчезал, утонув в седых лохмах.

Копейкой его звали из-за аттракциона, которым он кормился. Состоял этот аттракцион вот в чем: кто-нибудь из прохожих давал ему медную копейку, пятак или гривенник он не принимал; только копейку, и закладывал ее в правый глаз, прижав лохматой бровью.

— Я вижу Москву! — громко объявлял он публике, которая всегда толпилась перед ним.

От нашего города до Москвы было, быть может, тысяча километров.

— А что ты там видишь? — потешаясь, обязательно спрашивал кто-нибудь.

— Я вижу Кремль,— оповещал Копейка.

— А кого ты видишь в Кремле?

— Сами можете догадаться, — отвечал он, доставляя в тысячный раз своим ответом огромное удовольствие публике.

В Кремле жил Сталин. Его имя было священно, и даже сумасшедший не отважился бы называть его вслух. После этого он приподнимал бровь, копейка падала ему в ладонь и исчезала в рукаве кожуха.

Чтобы продлить удовольствие, публике приходилось раскошеливаться на новую копейку.

Чуть подальше толпилась на тротуаре другая кучка публики. Там тоже громко смеялись, и время от времени оттуда доносился крик “Яволь!”, что по-немецки означает “Так точно!”.

Этого сумасшедшего звали Андриан. Он был одет в грязную военную шинель, перепоясанную не ремнем, а почему-то цепью, на ногах — разбитые армейские ботинки, стянутые веревками и проволокой, чтоб не разваливались. Голову

Андриана венчала, словно взятая напрокат из местного краеведческого музея, немецкая военная каска времен первой мировой войны. Железная. С острой пикой на макушке. Для полноты картины Андриан носил короткие русые усы, лихо закрученные вверх тонкими хвостиками. А-ля германский кайзер Вильгельм Второй.

Андриан брал плату за представления медяками, которые ему бросали в железную каску. Медяки звенели об железные стенки каски. Затем он каску вместе с медяками надевал на голову и ни разу не уронил ни одного медяка на землю. Когда же он снимал с головы каску, она оказывалась пустой. Все монетки застревали в его нечесаных волосах и там, должно быть, хранились, как в сейфе, до вечера, когда Андриан покидал свой пост на Социалистической улице.

Я пытался представить себе, как Андриан, добравшись до места ночлега, снимал с головы каску, и затем начинал трясти кудлатой головой, и из нечесаных волос дождем сыпались монетки, звеня и раскатываясь в разные стороны. И затем Андриан с огарком свечи в руке подбирал их. Чтоб увидеть такое зрелище, я бы многое отдал.

Но и то представление, которое показывал на Социалистической улице Андриан, вполне удовлетворяло жителей нашего города — больших любителей искусства. Любого. А тем более — исполненного своими городскими сумасшедшими.

Андриан держал в руке метлу на длинной палке и, пользуясь ею как винтовкой, исполнял различные упражнения и приемы, которые были знакомы многим зрителям по службе в армии. Он становился по стойке “смирно”, брал “на караул”, приставлял винтовку-метлу к ноге, вскидывал ее на плечо, ощетинивался ею, как во время штыковой атаки, и делал выпады, словно колет воображаемого противника.

Особенно нравился публике последний номер. Потому что метла резко устремлялась на зрителей и надо было успеть отскочить, чтоб не поцеловать грязную метлу.

Выполнив все оружейные приемы, Андриан зычно гаркал по-немецки “Яволь!”, что означало “Так точно!”, приставляя метлу к ноге, левой рукой снимал с головы пустую каску, без единой монетки из предыдущего сбора — эти монетки попрятались в волосах — и протягивал каску публике за новой данью.

На Социалистической улице нищие стояли густо от Центральной площади, где высится памятник героям гражданской войны, и до самого базара, откуда доносились гогот гусей и лошадиное ржанье. Играли на облупленных старых шарманках вальс “На сопках Маньчжурии”, предсказывали судьбу с помощью зеленого попугая, сидевшего на плече и вытягивавшего клювом-крючком из коробочки свернутые бумажки с предсказаниями. Цыгане отплясывали чечетку и били в бубны.

Потом в один день исчезли из нашего города все нищие. Как будто их корова языком слизнула. Не осталось ни одного. И город сразу потерял свою живописность. А наша улица просто опустела.

Это случилось незадолго до войны.

Взрослые шепотом передавали слухи, что всех нищих арестовали ночью по подозрению в шпионаже в пользу фашистской Германии и вывезли в Сибирь. Особенно много было толков об Андриане и Копейке, которые оказались, ни много ни мало, переодетыми немецкими офицерами, а у Андриана в каске, мол, был спрятан крохотный радиоаппарат, с помощью которого он передавал зашифрованные сведения непосредственно в Берлин, и пика на каске служила ему антенной. У жителей нашего города глаза лезли на лоб от этих новостей, но вскоре началась война, и они перестали удивляться, потому что в городе появились не вымышленные, а действительные германские офицеры в черной форме гестапо и убили много жителей нашего города, потому что жители эти были евреями.

Но время, о котором я рассказываю, было задолго до войны, и нищих тогда еще не арестовали, и толпы живых жителей города собирались вокруг них и щедро давали милостыню. Мой друг Берэлэ Мац тоже был жив и полон удивительных планов, которые могли бы осчастливить человечество, и бегал ежедневно с утра в школу, где он сидел за одной партой со мной, а после обеда — в музыкальную школу с маленькой скрипочкой в крохотном черном футлярчике. Путь Берэлэ в музыкальную школу пролегал по Социалистической улице, и каждый день дважды, когда бежал в школу и обратно, он принимал парад нищих и настолько хорошо их знал и привык к ним, что даже не останавливался, а обегал кучки любопытных зевак, перегородивших тротуар.

Но однажды Берэлэ остановился и даже опоздал на урок по сольфеджио. Он опоздал и на следующий день, потому что снова остановился на том же самом месте. А на третий день он почему-то шепотом, хотя мы были одни и никто не мог нас услышать, попросил меня проводить его в музыкальную школу, и по дороге он мне что-то покажет.

— Что? — задрожал я от любопытства, потому что никогда не видал моего друга таким взволнованным.

— Своими глазами увидишь, — таинственно произнес Берэлэ.

Больше ничего я от него не добился, сколько ни выпытывал. Берэлэ мотал своей стриженой головой с узеньким лобиком и хриплым от волнения голосом повторял одно и то же:

— Своими глазами увидишь.

Любопытство мое было настолько возбуждено, что я не стал дожидаться дома обеда, а, прихватив бутерброд и жуя на ходу, пошел с Берэлэ на Социалистическую улицу. Все нищие стояли на правой стороне, чтоб левый тротуар не запруживали зеваки и чтобы пешеходы имели свободный проход. Мы пошли по левой стороне, и я все недоумевал, куда ведет меня Берэлэ Мац.

— Сейчас увидишь своими глазами.

И вот когда мы миновали Андриана в немецкой каске, Копейку в рваном овчинном кожухе, шарманщика и еще многих-многих нищих и уже были у самого базара, я увидел, к кому меня вел мой друг. Она стояла у входа на базар, чуть в стороне от остальных нищих. В руке она держала пустую консервную банку для сбора милостыни и пела тоненьким дребезжащим голоском:

Он лежит, не дышит
И как будто спит.
Золотые кудри
Ветер шевелит.

Это была печальная песня о молодом партизане, убитом на гражданской войне, и мы ее пели в школе хором по революционным праздникам. У нее эта песня получалась совсем тоскливой, голосок был слабенький, и прохожие, не останавливаясь, миновали ее: потому что по сравнению с другими нищими-профессионалами она выглядела жалким любителем, и еще потому, что место она выбрала у самых базарных ворот, где люди уже не думают об искусстве, а лишь о том, чтоб подешевле купить и подороже продать.

Ей было примерно столько же лет, сколько и нам. И была она рыжей. Волосы, стянутые в косичке, были не русыми, а медно-красными, и, как у всех рыжих, ее лицо было покрыто веснушками. А вот какие глаза у нее, я не могу сказать. Потому что она была слепой. Оба глаза закрыты, будто зажмурены, а ресницы склеились.

— Спорим, она настоящая слепая, — прошептал Берэлэ, — а не притворяется.

Я спорить не стал. Ее слепота у меня не вызывала никаких сомнений. У настоящих, а не фальшивых слепых всегда бывает такое выражение на лице, будто они силятся что-то разглядеть, да никак им это не удается, и они от этого смущены и раздосадованы. У этой девочки выражение лица было именно таким.

9 – 7872

Люди проходили мимо нее, кое-кто даже бросал на нее участливый взгляд, но за все время, что мы стояли и рассматривали ее, ни одна монетка не звякнула о дно консервной банки, которую она держала в руках.

— Спорим, ее можно вылечить, — засопел у моего носа Берэлэ, и я понял, что его шустрые мозги уже заработали в этом направлении. — Ее только нужно отвезти к Черному морю в город Одессу, к знаменитому профессору Филатову.

Что у Черного моря в Одессе живет волшебник профессор Филатов, знал весь Советский Союз. О чудесах, которые он творил, делая слепых зрячими, писали в газетах, говорили по радио, и профессор в те годы был знаменит почти как летчик Чкалов, перелетевший без посадки из Москвы в Америку, или как четыре полярника во главе с Папаниным, высадившиеся на Северном полюсе и установившие там красный флаг нашей страны.

— Ехать от нас к Черному морю нужно день, ночь и еще один день, — рассудительно сказал я. — А билет на поезд стоит очень много денег.

Я один раз ездил с мамой и папой к Черному морю, и мама потом целый год не могла успокоиться, повторяя всем знакомым, что эта поездка абсолютно разорила нашу семью.

— А ее родители таких денег не имеют, — добавил я.— Если у нее вообще имеются родители. Люди с деньгами не пошлют ребенка просить милостыню.

— Все ты знаешь! — огрызнулся мой друг. — Есть у нее родители, или нет у нее родителей... Есть у них деньги, или нет у них денег... Если ты такой умный, то почему живешь в нашем городе, а не в Москве, и почему тебе не доверяют высокий пост в Кремле?

Я не стал реагировать на такой выпад моего друга, потому что видел, как он взволнован, а мало ли что может наговорить взволнованный человек, когда он теряет контроль над собой. Лицо Берэлэ было сосредоточенно-угрюмо, а узенький лобик нахмурен и поэтому совсем исчез за бровями.

— Деньги — не проблема, — наконец произнес он, продолжая сопеть, что было у него всегда признаком напряженной работы мысли. — Я думаю о другом. Продадут ли нам железнодорожные билеты? Билеты продают только взрослым... Хотя есть выход! Мы возьмем с собой кого-нибудь из нищих... Копейку или Андриана с каской. Вроде едет отец с детьми. А они, эти нищие, поедут. Кто же откажется поехать даром к Черному морю?

Мой друг говорил так горячо и возбужденно, что я не отважился высказать сомнения в осуществимости его плана и лишь коротко спросил:

— Ну, а деньги-то? Где ты их достанешь?

Берэлэ посмотрел на меня, как на глупенького:

— Если у человека нет ума, так у него его-таки нет. Стой здесь и никуда не ходи, и я тебе покажу, как добывают деньги. Большие деньги!

Он оставил меня возле урны для мусора, а сам, помахивая скрипочкой в футлярчике, перебежал улицу и стал рядом с поющей слепой девочкой. Она почуяла, что кто-то остановился возле нее, повернула к Берэлэ лицо с незрячими глазами, перестала петь и, когда Берэлэ ей что-то сказал, провела ладонью по его стриженой голове, бровям, носу, губам. Так она, должно быть, знакомилась с новыми людьми. Ладонь ей заменяла глаза. Она смотрела рукой и, очевидно удовлетворившись осмотром, снова запела.

Берэлэ положил на тротуар футляр, вынул из него скрипку, а футляр с открытой крышкой оставил у своих и ее ног. Я сразу догадался, что футляр должен заменить консервную банку, которую девочка держала в руке. И действительно, она спрятала банку за спину. Берэлэ положил скрипку на левое плечо, прижал деку подбородком, взмахнул смычком, и полилась мелодия той песни, что пела девочка. Как аккомпанемент к ее пению.

Такой музыкальной пары нищих наш город еще не видел, и прохожие, забыв, что они шли на базар, мгновенно сгрудились вокруг них, и деньги посыпались с глухим стуком на бархатное дно скрипичного футляра.

Это было для меня первым уроком того, что может сотворить подлинное мастерство и вдохновение. Простенькая незатейливая мелодия партизанской песни под смычком маленького музыканта зазвучала трагическим стоном, подлинным плачем, и на глаза слушателей стали навертываться слезы. Кое-кто даже зашмыгал носом.

Я, конечно, не оставался на противоположной стороне улицы, а присоединился к толпе и даже протиснулся в первый ряд.

Берэлэ играл вдохновенно, упоенно. Как настоящий артист. Глаза его были закрыты. Он шевелил бровями и губами, как это делают знаменитые скрипачи. И из-под смычка лились берущие за душу звуки.

А девочка стояла тоже с закрытыми глазами, и поэтому публике сначала казалось, что они оба, и мальчик и девочка, слепы, и это совсем накалило атмосферу. Люди, вытирая слезы, не жалея сыпали в открытый футляр скрипки деньги, и на бархатном ложе образовалась горка медяков, среди которых поблескивали и серебряные монеты.

Это был неслыханный успех. Берэлэ побил рекорд. Ни один нищий на Социалистической улице, даже такие виртуозы и любимцы публики, как Копейка и Андриан, не собирали столько милостыни за целый день, сколько Берэлэ игрой на скрипке добыл за каких-нибудь полчаса.

Слыша густой звон монет, преобразилась, засияла слепая девочка, и ее голосок сразу окреп, и она стала петь куда лучше и трогательней. А уж скрипка Берэлэ вилась вокруг ее голоса, сплетая причудливые узоры мелодии, и у них .получился такой слаженный дуэт, что когда они умолкли на время, чтоб перевести дух, вся толпа у входа на базар стала хлопать в ладоши, устроив им настоящую овацию, какую можно услышать только по радио из Кремля, когда вождь советского народа Сталин кончает говорить речь.

Девочка (потом я узнал, что зовут ее Марусей), кроме партизанской, знала еще много других песен, и к каждой ее песне Берэлэ подлаживался очень быстро и подбирал аккомпанемент.

Одни люди подходили, другие, спохватившись, что опаздывают по своим делам, уходили, но толпа не уменьшалась.

Деньги сыпались в футляр. Когда Маруся охрипла и сказала, что больше не может, публика очень неохотно стала расходиться. Берэлэ познакомил меня с Марусей, и она провела ладонью по моему лицу, сказала с улыбкой:

— Красивый мальчик.

У меня сердце подпрыгнуло. Во-первых, приятно получить такой комплимент. Во-вторых, я, должно быть, действительно красив, если даже слепая на ощупь смогла это определить. Интересно, что она сказала Берэлэ, когда провела ладонью по его лицу? Но я этого не слышал, потому что стоял тогда на другой стороне улицы.

Мы хотели было рассовать деньги по карманам, но их было так много, что у нас не хватило карманов, а те, что мы заполнили медяками, могли под их тяжестью порваться в любой момент.

Выход нашел Берэлэ. Он сказал, что понесет скрипку в руке, а деньги пусть остаются в футляре. Я защелкнул футляр на замок и понес, чувствуя приятную тяжесть внутри его. Я шел в середине, а Берэлэ и Маруся, как охрана, по бокам.

— Вот хорошие мальчики, — повторяла она. — Поможете мне до дому дойти. А то попадутся хулиганы и все отберут.

— Можешь не бояться,— сказал Берэлэ.— Ты под надежной защитой.

— Теперь я не боюсь, — радовалась Маруся.

Она была босая, ее загорелые ноги, худые и исцарапанные, ступали по тротуару мягко, словно нащупывая, куда наступать. Как и ладони, ступни ног заменяли ей глаза при ходьбе, и она не спотыкалась, обходила трещины в асфальте и ямки.

Мы разговаривали всю дорогу, и она нас спрашивала, есть ли у нас мамка с папкой, и, когда мы подтвердили, что имеем родителей, она снова улыбнулась нам:

— Хорошо, когда у человека есть мамка с папкой.

Из чего мы оба поняли, что у нее родителей нет, и из деликатности не стали задавать лишних вопросов.

— А братики и сестрички у вас есть? — спросила Маруся.

Берэлэ сказал, что у него есть старшая сестра и брат, который старше всех.

— Это хорошо, когда у человека есть семья, — вздохнула Маруся и, не ожидая наших вопросов, сама сказала, что она сирота и живет у чужих людей.

— А кто они, эти чужие люди? — задал вопрос Берэлэ.

— Харитон. Знаете такого? Харитон Лойко. Лодочник. На реке живет. Людей перевозит с одного берега на другой. Потому что мост от нас далеко и переехать через реку всегда есть желающие.

— Он тебя не обижает? — нахмурился Берэлэ.

— Не! — мотнула рыжей головой Маруся, и косичка, закрепленная на конце бантиком из кусочка марли, прыгнула со спины на грудь. — Он добрый, Харитон. Только горький пьяница. Все пропивает. Я потому и побираюсь, чтоб нам обоим с голоду не помереть.

— Он и эти деньги пропьет, — похолодел я, тряхнув футляром, в котором глухо зазвенела мелочь.

— Не, я не покажу ему. То наши с вами общие деньги. Вот выйдем к реке, сядем на берегу и поделим справедливо. Каждому свою долю.

У Маруси была золотая душа: она и меня включила в партнеры, хотя я был в этом деле только свидетелем, и больше ничего. Я понимал, если я считаю себя благородным человеком, то мне следует немедленно отказаться от предложенной доли, хотя если подсчитать всю эту мелочь, которая мне досталась бы при дележке на три части, то выходила круглая сумма, которой я прежде никогда в руках не держал. На эти деньги можно было все лето есть мороженое. И даже по два раза в день. Отказаться от такого подарка судьбы ой как нелегко, и меня раздирали внутренние противоречия с такой силой, что я стал бояться, как бы у меня не подскочила температура. Но всем моим сомнениям и терзаниям положил конец Берэлэ, сказав:

— Ты, Маруся, про нас забудь. Деньги твои. Спрячь их подальше от Харитона. А завтра я снова приду, и мы соберем еще больше. И послезавтра. И послепослезавтра... Пока не соберем денег на билеты.

— Какие билеты? — удивилась Маруся, повернув свои незрячие глаза сначала к Берэлэ, а потом ко мне.

— А чтобы тебя... вылечить, — несмело сказал Берэлэ, подыскивая нерезкие, мягкие, нужные в таком деликатном разговоре слова и никак не находя их. — Чтобы ты стала зрячей... Чтобы ты могла видеть... Его... Меня... Речку... Харитона...

— Ну и скажете! — покачала головой Маруся. — Даже смешно становится. По каким таким билетам мне глаза откроют?

— По железнодорожным,— вставил я, как дурак.

— И он смеется, — обиделась Маруся.

Тогда мы наперебой стали рассказывать Марусе все, что нам было известно о знаменитом профессоре Филатове, о городе Одессе, который расположен на берегу Черного моря, где зимой и летом так тепло, что всегда можно купаться.

— А вокруг непроходимые джунгли,— сгоряча ляпнул я, но Берэлэ тут же внес поправку:

— Джунгли — это в Африке, но в Одессе тоже хорошо.

Маруся слушала наши захлебывающиеся речи, как сказку, и на щеках ее вспыхнул румянец.

— Какие вы умные, — сказала она, когда мы на миг умолкли. — И все-то вы знаете. И книжки читаете. И кино смотрите.

Я глядел на Марусю, на ее медно-красную косу с марлевой ленточкой на конце, на веснушки на разрумянившихся щеках, и вдруг явственно ощутил, какой это ужас — быть слепым. До моего сознания дошло, что Маруся была лишена такой простой радости, казавшейся нам, зрячим, чем-то само собой разумеющимся, как чтение интересных книг про приключения и путешествия. И что она никогда, ни разу не была в кино...

— И ты будешь все знать, — утешил ее Берэлэ. — Вернешься от профессора Филатова зрячей и пойдешь в школу. Ты нас быстро догонишь.

Маруся вдруг остановилась и запрокинула лицо к небу.

— Мальчики, — прошептала она. — Мне страшно.

— Чего тебе страшно? — хором спросили мы.

— Мне страшно подумать, — глубоко вздохнула она, — какого цвета у меня будут глаза, когда ваш профессор их откроет.

Мы на момент задумались, застигнутые этим вопросом врасплох, но Берэлэ быстро нашелся:

— Синие! У тебя будут синие глаза. Как небо.

— А небо синее? — удивилась Маруся.

У меня снова сжалось сердце, когда я понял, что она никогда не видела неба и до сих пор не знала, какого оно цвета.

— У тебя глаза будут голубые, — сказал я. — Как васильки. Ты знаешь такие цветы?

— Нет, не знаю, — покачала головой Маруся.

— А если карие глаза, что тоже неплохо, — добавил Берэлэ. — Они будут как вишни. Вишни-то ты, конечно, знаешь какие?

— Вишни сладкие, — сказала Маруся. — Я их ела... Мне Харитон из деревни привез гостинца. А какой у них цвет, не знаю.

— А как ты знаешь, что такое цвет? — опять ляпнул я.

— А это мне Харитон объяснял один раз, когда не был пьян...

— Чего болтать зря, — перебил, махнув рукой, Берэлэ. — Съездим к профессору Филатову, он тебя вылечит за милую душу, и тогда ты сама все увидишь... И ничего не надо будет объяснять.

Мы уже вышли из города и шли лугом по тропинке. Маруся — первой, а мы за ней. Луг был низкий, мокрый. В траве кричали лягушки, и белая цапля на длинных ногах важно расхаживала по лугу, иногда наклоняя гибкую шею, и клювом, похожим на штык, что-то хватала в траве.

Потом сразу открылась река. Тот берег был пологий и порос камышом и лесом, а мы стояли на обрыве, и внизу на песчаную отмель набегала речная волна.

По реке скользила лодка. В ней сидело несколько человек и стояла безрогая черная коза. Лодка пересекала реку под углом, и ее несло к нам течением. Лодочник не трогал весел и только слегка шевелил рулем на корме.

— Харитон едет, — сказала Маруся, устремив лицо к реке.

— Как ты угадала? — удивился я.

— Думаешь, слепая, так совсем бестолковая? — обернулась ко мне Маруся, и ее слипшиеся ресницы задрожали. — А на что мне уши? Разве не слышишь, как лодка режет воду? Послушай! Ну, слышишь? И Харитон кашляет. Он такую вонючую махорку курит, что после нее всегда кашляет. Даже ночью.

Я молчал, пристыженный.

Вдруг Берэлэ осенило:

— Куда мы деньги спрячем? А то Харитон найдет и все пропьет.

— А давайте в землю закопаем, — предложила Маруся.— Вот тут, на берегу. Только вы, мальчики, место запомните.

Нам даже копать не пришлось.

Нашли подходящую ямку в песке, быстро опорожнили туда все, что звенело в футляре скрипки, присыпали песком и утрамбовали ногами.

— Тут хороший ориентир, — сказал я. — Вот этот столб со спасательным кругом.

Берэлэ отмерил большими шагами расстояние от нашего клада до столба.

— Семь шагов к востоку, — авторитетно заявил он.

— Почему к востоку? — усомнился я, — Смотри, куда солнце садится!

— Ну, к юго-востоку, — неохотно уступил Берэлэ.

— Вы, мальчики, не ссорьтесь, а хорошенько запомните, куда денежки закопали. Хорошо, что успели. Вон Харитон поднимается.

Когда лодка причалила, первой соскочила с нее на береговую песчаную отмель безрогая черная коза и от радости, что благополучно перебралась через реку, заблеяла на весь берег. У козы в бороде и на боках висел комьями репей, запутавшийся в шерсти. Затем неуклюже выбрались из лодки две крестьянки и, взвалив на плечи тяжелые мешки, пошли, согнувшись, не вверх по тропе, а вдоль обрыва, туда, где виднелось начало оврага. Коза запрыгала за ними, стараясь держаться подальше от воды.

Харитон привязал лодку цепью к сухому бревну-плавнику и, помахав нам рукой, тяжело полез по уступам к нам. Сверху мне была видна его спутанная седая шевелюра с клочьями сена в волосах, брови, такие же седые и усы, как у запорожского казака, рыжие от табака и опущенные концами вниз к подбородку. Когда он вылез на обрыв и вынул короткую трубку изо рта, я увидел, что у него почти нет зубов и торчат лишь два лошадиных зуба: один сверху, другой снизу.

На Харитоне была серая застиранная рубаха, покрытая заплатами разных цветов, и штаны из серой мешковины, которые носят грузчики на пристани. Без обуви, босой, с толстыми, как ракушки, ногтями на пальцах ног, он был похож на колдуна из сказки или на разбойника, изгнанного из банды за дряхлость и теперь пробавляющегося на покое перевозом пассажиров через реку, а свою тоску по прежним удалым временам заливающего водкой.

В довершение ко всему, белки глаз его были совершенно желтыми и покрыты, как паутиной, кровавыми жилками. Маруся нам потом объяснила, что это бывает с большого перепою и когда Харитон меньше пьет, что случается редко, только при полном отсутствии денег, белки его глаз приобретают нормальный цвет.

Маруся, словно увидев, какое впечатление на нас произвел Харитон, торопливо сказала:

— Вы не пугайтесь. Он добрый. Здравствуй, дедушка Лойко!

Харитон, набычившись, смотрел на нас желтыми глазами, потом вынул из пустого рта короткую трубку и хриплым пропитым голосом спросил:

— Ну, что собрала?

— А ничего, — развела руками Маруся. — Не подают люди.

— То подавали, а теперь не подают, — скривил рот Харитон, и его прокуренные усы зашевелились. — С этими байстрюками проела, а домой идешь с пустыми руками.

Он замахнулся и ударил Марусю по голове, а она не успела увернуться, потому что не видела. И тут же Харитон шарахнулся, точно наступил на змею. Берэлэ Мац, совсем маленький перед лохматым огромным Харитоном, как щенок на медведя, наскочил на него с кулаками, прыгал вокруг, как чумной, стараясь ударить побольней и самому не подвернуться под тяжелую руку. И, по-моему, в первую секунду, в свой первый бросок на Харитона Берэлэ даже укусил его.

— Убью! — заревел Харитон.

— Мальчики, тикайте! — закричала Маруся. — А то мне же хуже будет. Бегите домой. Я завтра приду.

Я схватил Берэлэ за руку и оттащил от Харитона. Но Берэлэ все же умудрился подхватить ком земли и запустить в Харитона. Ком попал ему в грудь и рассыпался, а Харитон заржал как конь — так громко он смеялся.

— Держи их! Держи байстрюков! Поймаю — с кашей съем!

Мы отбежали на почтительное расстояние и, когда оглянулись, не поверили глазам: Харитон и Маруся удалялись вдоль обрыва в сторону заката, и нам были видны лишь их силуэты. Он вел ее за руку, и они были действительно похожи на внучку с дедушкой, и никому бы в голову не пришло, что он только что ударил слепую девочку и чуть не пришиб моего лучшего друга, если б не промахнулся.

Назавтра после школы я еле дождался, когда Берэлэ выскочит из дому со скрипкой в футляре и мы побежим к базару. Я бежал рядом с моим другом и думал о том, что эта история не может кончиться хорошо, потому что Берэлэ уже пропустил один день занятий в музыкальной школе и сегодня снова пропустит. Обязательно хватятся, и тогда не миновать беды.

Но опасность поджидала нас совсем с другой стороны. Ни отец Берэлэ — грузчик с мельницы Эле-Хаим, ни спившийся лодочник Харитон не успели нам ничего худого сделать. А сделали люди, от которых мы этого меньше всего ожидали. Нищие. Те, что стояли каждый на своем облюбованном месте вдоль Социалистической улицы от Центральной площади до базара и взимали положенную им дань с доброжелательных и любопытных зевак. Дуэт Берэлэ — Маруся нарушил мирную, привычную жизнь нищей братии. Как смерч, как ураган ворвались в их жизнь эти два несовершеннолетних конкурента, и как магнит притягивает металлические опилки, стянули они к себе всю публику с Социалистической улицы, оставив остальных нищих на пустом тротуаре и почти без подаяний.

Обычно все нищие враждовали друг с другом, но общая беда их объединила, и они решили расправиться с юными наглецами, отнявшими у них львиную долю добычи. Сделали они это вечером второго дня, устроив нам засаду на глухой улице, ведшей к реке.

А поначалу ничто не предвещало беды. Мы с Берэлэ вприпрыжку пробежали по Социалистической улице, беспечно размахивая скрипкой в футляре и не обращая внимания, какими взглядами провожают нас нищие.

Маруся была на своем месте. Пришла она немного раньше нас, и, пока мы томились в школе, с нетерпением ожидая конца уроков, Маруся, как и делала прежде, до знакомства с нами, пела одна, протянув руку с пустой консервной банкой прохожим. Но если раньше редко звякала мелочь о жестяное дно банки, то в этот день все выглядело по-иному. Слепую девочку, как только она пришла, окружили люди и стали спрашивать, где ее напарник — мальчик со скрипкой. Маруся всем отвечала, что мальчик придет после школы, а пока она будет петь сама. И пела. И люди уже не проходили мимо, а останавливались и бросали мелочь ей в банку, а потом уходили на базар, надеясь на обратном пути получить полное удовольствие, когда к Марусиному голоску присоединится маленькая скрипочка.

Так что, когда мы пришли, Маруся уже имела полбанки монет, и, когда Берэлэ положил на тротуар раскрытый скрипичный футляр, она высыпала туда свою добычу и сказала, улыбаясь, нам обоим:

— Для почина.

В этот день толпа собралась побольше вчерашней, потому что слух о слепой русской девочке и подыгрывающем ей на скрипке мальчике уже прошел по всему городу, и к базару приходили люди, которым не было никакой нужды приходить в этот день на базар. Они шли сюда послушать необычный дуэт.

Дело в том, что в эти годы в Советском Союзе усиленно насаждали дружбу народов, приучали людей к интернационализму, и вот такая показательная пара: еврейский мальчик и русская девочка, вместе собирающие милостыню, очень пришлась по душе жителям нашего города, воспитанным в коммунистическом духе.

Чего уж говорить! В этот день мы собрали богатую жатву. Среди кучи медной и серебряной мелочи красовались, как лавровые листья в венке победителя, две смятых рублевых бумажки. Такой награды ни один нищий не удостаивался за всю историю нашего города.

Когда я защелкнул на замки футляр и приподнял его с тротуара, я почувствовал действительную тяжесть и по дороге мне пришлось несколько раз менять руку, настолько этот груз оттягивал плечо.

— На два детских билета у нас уже денег достаточно, — удовлетворенно сказал Берэлэ. — Еще надо собрать на билет для тебя.

Он имел в виду меня. И я сразу облегчил ему задачу, сказав:

— Я не смогу поехать. Родители не пустят.

— Слабак! — презрительно фыркнул Берэлэ. — За мамину юбку держишься.

Берэлэ явно рисовался перед Марусей и поэтому даже допустил неспортивный прием. Но я на него не обиделся, потому что уже тогда знал, что, когда человек влюблен, он теряет разум и говорит много чепухи, какой бы себе не позволил в период, когда он был нормальным человеком.

— Значит, нам остается собрать только на взрослый билет, — подбил итог Берэлэ. — Кого бы нам прокатить в Одессу даром? Копейку или Андриана? Кто из них больше похож на отца семейства?

Я выразил мнение, что ни один из них для этой роли не подходит, потому что любой поездной контролер или мили-

10 – 7872

ционер сразу угадает в них побирушек. Тем более что, попав в поезд, они не удержатся от соблазна пройти по вагонам и собрать дань с пассажиров.

Это озадачило Берэлэ. Он сморщил свой узенький лобик и вопросительно глянул на Марусю. Но Маруся его взгляда не видела и поэтому ничего утешительного не сказала. Она лишь улыбалась, слушая нашу болтовню, и была очень счастлива, что у нее два таких приятеля. Ведь правда, что во всей ее короткой жизни, возможно, это был первый случай, когда кто-то принял близко к сердцу ее судьбу и так горячо заботился о ней. Берэлэ, которого она два дня тому назад совсем не знала, был готов на все, чтобы вылечить Марусю и сделать ее зрячей, как все остальные люди. Поэтому улыбка не сходила с ее губ даже тогда, когда мы с Берэлэ спорили о том, кого из нищих взять взрослым провожатым для поездки к Черному морю, в Одессу.

Наш спор был прерван в самом разгаре самими нищими. На узкой улице окраины города нам неожиданно преградила путь толпа нищих, и не было низкого сомнения, что они устроили нам здесь засаду, и уж ждать от них пощады нет никакой надежды. Мы были их более удачливыми конкурентами, и они решили с нами расправиться, чтобы мы забыли дорогу на Социалистическую улицу.

Перед нами угрожающе шевелилась куча лохмотьев. Здесь были и Копейка, и Андриан в немецкой каске, и горбатый шарманщик, и предсказатель судеб с зеленым попугаем на плече.

Мы молча сближались. Маруся, ничего не подозревая,

продолжала улыбаться. Берэлэ нахмурил свой лобик настолько, что он исчез за бровями, и лихорадочно искал выхода из положения. Я, как всегда в трудную минуту, ни о чем не думал, потому что в голове сделалось пусто.

— Назад! Спасай деньги! — по-змеиному прошипел мне Берэлэ. — Мы тебя прикроем. Встретимся у реки.

Я круто развернулся и побежал назад с тяжелым футляром, в котором колыхались и гремели сотни монет. За своей спиной я услышал многоголосый рев нищих и тут же шмыгнул в боковую улицу, чтоб сбить их со следа, если они устремятся за мной. Я с ужасом думал о Берэлэ и Марусе, которые остались прикрывать мое отступление и которых теперь уже терзает разъяренная толпа. Моя голова была настолько занята этими мыслями, что я ничего не видел вокруг и потому врезался на полном ходу какому-то человеку в живот и поранил себе лоб о медную пряжку на его ремне. На пряжке была звезда. Человек был одет в брюки-галифе и обут в хромовые сапоги.

Это был военный. Офицер. На боку в кожаной кобуре у него был револьвер.

— Дяденька! — закричал я радостно. — Спасите! Там детей убивают!

— Где убивают? — удивился офицер, которого я чуть не сбил с ног, когда на полном ходу боднул его в живот.

— Там, за углом!

Военный, не раздумывая, выхватил из кобуры револьвер, при виде которого у меня сердце захлебнулось от зависти, и побежал в указанном мной направлении. Бежать за ним у меня не было сил. Устал, волоча тяжелый футляр. И поэтому положил футляр на землю, а сам сел на него и стал дожидаться, какой оборот примут события.

Вскоре из-за угла выскочили Берэлэ и Маруся. Держась за руки, они во весь дух бежали ко мне.

— Там — концерт! — оскалил свои квадратные зубы Берэлэ, добежав до меня. — На наше счастье, наскочил военный с револьвером, и у нищих только пятки засверкали. Вот что значит — везет!

Я не стал объяснять Берэлэ и Марусе, что они не такие уж везучие что, не встреть я военного, нищие бы им задали хорошей трепки.

Мы благополучно добрались до реки, отмерили семь шагов к юго-востоку от столба со спасательным кругом, разрыли наш клад и высыпали туда добычу. Захороненного богатства было так много, что мы долго топтали песок, чтоб умять получившуюся горку и сровнять с остальной землей.

На прощание Маруся поцеловала нас обоих, и Берэлэ при этом так засопел от волнения, что из его ноздри выдулся пузырь. К счастью, Маруся этого не заметила. Ведь она была слепа.

Третий день был последним днем совместного выступления Берэлэ и Маруси. Потому что вмешалась самая грозная сила — отец Берэлэ, грузчик с мельницы Эле-Хаим.

Шила в мешке не утаишь — гласит народная мудрость. А Берэлэ и Маруся были покрупнее шила, а их дуэт за эти несколько дней стал знаменит на весь город, и волны этой славы докатились до Инвалидной улицы и с громом разбились о порог дома, где обитал угрюмый грузчик с мельницы.

В этот день скрипка Берэлэ творила чудеса и источала такие волшебные звуки, что толпа дружно хлюпала носами и вытирала рукавами глаза. А Марусин голосок и ее закрытые незрячие глаза еще больше бередили души слушателей.

Нищие уже не предпринимали враждебных действий против своих конкурентов и понуро стояли на своих постах вдоль всей Социалистической улицы от базара до памятника героям гражданской войны, безучастно глядя на то, как удача проходит мимо.

Медным и серебряным дождем сыпались монетки в раскрытый футляр от скрипки, и я уже прикидывал в уме, что еще день-другой — и мы соберем достаточно, чтоб купить взрослый билет на поезд до Одессы.

И тут случилось то, что по логике, должно было случиться рано или поздно. Толпа замерших слушателей вдруг раскололась пополам, словно в нее врезался носом пароход, и перед нами предстал разъяренный, как медведь, отец Берэлэ. Левой рукой он поддерживал спадавшие штаны, потому что в правой извивался змеей ремень, заранее вынутый из этих штанов.

Скрипка Берэлэ издала фальшивый звук и трагически умолкла. Маруся еще продолжала петь, и когда она, почуяв наконец неладное, тоже затихла, на смену ее голосу пришел истошный крик Берэлэ.

Отец сгреб его, как цыпленка, в мгновение ока сорвал с него штанишки, безжалостно сунул его головой между своих толстых ног, так что голый зад торчал вверх и заранее покрылся гусиной кожей. Затем последовал свист ремня и вопль.

Никто в толпе не посмел остановить тяжелую руку разъяренного грузчика. Потому что в нашем городе отцовские права чтились как святыня, и никто не мог и подумать помешать отцу воспитывать своего сына. Те же люди, которые только что растроганно слушали игру юного скрипача, теперь с не меньшим восторгом наблюдали, как его казнят.

Абсолютно не понимая, что случилось, Маруся встревоженно ворочала головой из стороны в сторону и звала:

— Где ты? Где ты?

Где находился Берэлэ, было нетрудно определить по воплям, которые он издавал после каждого удара ремнем, и Маруся выставив и растопырив руки, пошла на этот крик и бросилась своим телом на посиневший зад моего друга, и очередной удар ремнем пришелся уже не по нему, а по ее спине. Грузчик не успел остановить руку.

Тут немедленно вмешалась толпа, увидевшая явную несправедливость.

— Не тронь слепую! — окружили грузчика мужчины и стали закатывать рукава на волосатых мускулистых руках.

Эле-Хаим затоптался на месте, прикидывая, стоит ли ему вступать в бой с незваными защитниками, а Берэлэ выскользнул из-под его ног, подтянул штанишки и дал стрекача. Маруся тоже исчезла в толпе, которая в гневе теснила грузчика и толкала его в грудь.

Пользуясь общим замешательством, я подхватил с земли скрипичный футляр с собранной милостыней, защелкнул замки и незаметно ушел подальше от назревавшей мужской драки. Я не знал, куда убежал Берэлэ и где сейчас бродит слепая Маруся, но понимал, что единственным ориентиром для все нас троих остается белый столб на берегу реки со спасательным кругом на нем, в семи шагах от которого зарыт наш клад.

Там, на берегу реки, меня ожидал самый страшный удар. Наш клад был кем-то обнаружен и разграблен. Чьи-то хищные руки разгребли песок и безжалостно унесли все монеты, все собранное нами с таким трудом богатство, с помощью которого мы хотели отвезти в Одессу к профессору Филатову слепую девочку и сделать ее зрячей.

Все наши планы были разбиты вдребезги. Огорошенный событиями этого дня, не знаю, как долго я бродил по разрытому песку со скрипичным футляром в руке, пока не услышал Марусин голос и затем увидел ее и Берэлэ у плетня возле халупы Харитона. Они махали руками и звали меня.

Мы не обменялись ни одним словом. По их лицам было ясно, что они уже знают о постигшей нас беде.

Под плетнем, на земле, уткнувшись небритым лицом в траву, храпел пьяный Харитон. Из его карманов выпали и валялись вокруг мелкие монетки — медь и серебро. Наши деньги. Но их было очень мало. Остальные Харитон успел пропить. Да, видать, не один, а с товарищами-собутыльниками. Потому что на эти деньги можно было до смерти напоить не меньше десятка самых горьких пьяниц.

Потом мы зашли в дом, и Маруся сама, без нашей помощи, поставила на огонь закопченный чайник и, пока мы ждали, чтоб он закипел, сказала, кивнув на Берэлэ:

— Он домой не вернется. Останется с нами.

Берэлэ печально поглядел мне в лицо и кивнул.

— Мы и отсюда уйдем, — сказал он. — Я и Маруся. Пойдем пешком от деревни к деревне, и люди нам будут подавать. Пока не доберемся до Одессы и вылечим Марусю. Она все равно будет видеть. Спорим?

И он протянул мне руку. Но я спорить не стал.

— Послушай. — Маруся пошарила рукой в воздухе, нашла мое плечо и положила мне на него руку. — Там его скрипка осталась. Нам без нее никак нельзя. Найди ее и принеси сюда.

Я пообещал.

Потом мы, обжигая пальцы, пили чай из граненых стаканов и ели сахар вприкуску, откалывая зубами кусочки от большого грязного куска, завернутого в марлю. Чай был заварен сухими травами и был таким душистым, что могу поклясться, никогда прежде такого душистого и вкусного чая я не пил.

Мы распрощались, когда уже стало темнеть, и Маруся пошла меня проводить до столба со спасательным кругом, наказав Берэлэ, как маленькому, никуда не выходить из хаты. У плетня в той же позе, лицом в траву, храпел пьяный Харитон.

Три дня и три ночи скрывался Берэлэ в доме у Харитона Лойко, разорившего наш клад и пропившего все наше богатство. Возможно, Харитон испытывал угрызения совести за содеянное и потому, протрезвившись, не выгнал Берэлэ, а, наоборот, даже кормил как члена семьи, и они втроем ели деревянными ложками из большой глиняной миски подгорелый кулеш из пшена, лука и сала. Спать Берэлэ укладывали на полу, подстелив ватное одеяло, сшитое из разноцветных лоскутков. Когда Берэлэ мне потом рассказывал о своем житье у Харитона, я изнемогал от зависти.

Но это было потом. А пока Берэлэ скрывался у Хари-тона, все несчастья свалились на меня. Родители Берэлэ, да и мои тоже, не без основания полагали, что единственный, кто может навести на след исчезнувшего мальчика, — это я. Меня допрашивали почти без перерыва. То в доме у Берэлэ, то в нашем. Его мама рыдала и становилась передо мной на колени. Его отец Эле-Хаим при свидетелях поклялся, что больше пальцем не тронет его, если я покажу, где он скрывается. Это настолько меня обрадовало, что я чуть не сознался. Но быстро спохватился, что даже если грузчик и сдержит свое слово и не будет больше обижать моего друга, все равно я совершу предательство. Если Берэлэ вернется домой, сорвется такой замечательный план, по которому они вдвоем собирались пойти пешком в Одессу, питаясь по пути подаяниями. И Маруся никогда не прозреет.

Я продолжал бубнить, что ничего не знаю. И даже пустил слезу для пущей убедительности. Моя мама пыталась подкупить мою совесть обещанием накормить меня мороженым сколько в меня влезет, но от такого заманчивого предложения моя твердость не растаяла, и я оставался глухим ко всем их мольбам.

И зря. Потому что, хоть я мужественно молчал, грузчик Эле-Хаим без моей помощи разыскал своего сына, и мы, я и Берэлэ, понесли при этом большие потери, которых можно было бы избежать, сознайся я вовремя. Во-первых, грузчик не был связан клятвой, и поэтому не осуществилось его обещание пальцем не коснуться больше сына. Он коснулся не пальцем, а кулаком, и Берэлэ был избит, как никогда прежде. Во-вторых, я не получил награды: мороженого, которого я мог съесть сколько влезет. Вот и пойми после этого, когда надо быть принципиальным, а когда это даже вредно.

Я своими глазами видел, как грузчик Эле-Хаим провел по Инвалидной улице своего сына, обнаруженного после долгих поисков в лачуге у лодочника Харитона Лойко. Он вел его за ухо, оттянутое немилосердной рукой так, что оно вытянулось вдвое. Берэлэ даже не плакал. Устал. Выбился из сил. Плакал я, глядя из щели в заборе на моего несчастного друга.

Спустя некоторое время, когда все успокоилось и зажил зад у Берэлэ, а его ухо понемногу вернулось и своему нормальному размеру, он рассказал мне, как его отец ворвался в лачугу к Харитону Лойко, который в этот момент был трезв, и как закричала Маруся, вцепившись в Берэлэ, и как Харитон встал перед грузчиком и сказал, что не позволит забирать мальчика. И тогда между ними завязалась драка, какую можно увидеть только в кино. Они молотили друг друга пудовыми кулаками, а когда находили, что этого недостаточно, пинались ногами. Харитон оказался слабее грузчика — алкоголь съел его силы — и вскоре рухнул на пол от очередного удара грузчика. Марусю Эле-Хаим отшвырнул, как щенка, и затем сгреб Берэлэ.

Финал я видел сам, когда его за ухо провели по Инвалидной улице.

Прекрасная идея Берэлэ вылечить Марусю так и не осуществилась. Не только он, но и Маруся с тех пор не появлялась на Социалистической улице, и никто уже не слышал больше, как она пела слабым голоском:

Он лежит, не дышит
И как будто спит.
Золотые кудри
Ветер шевелит.

Маруся, должно быть, не выходила к базару из страха нарваться на грузчика Эле-Хаима. А Берэлэ бегал в музыкальную школу другой дорогой, где не стояли нищие и никто не просил милостыню.

А потом началась война.

И Берэлэ не стало.

Вот почему на земле еще долго не будет рая.

Последний раз я видел живым моего друга на второй день войны. Вернее, на вторую ночь.

Война началась совсем не так, как это предполагалось. Каждому ребенку, кто уже умел читать газеты, было ясно, как дважды два четыре, что любой враг, который осмелится напасть на нас, будет уничтожен на его собственной территории, а нам, детям, только останется одно удовольствие — радоваться победам нашего советского оружия и удивляться небывалым потерям противника.

На самом деле получилось совсем не так. Германские фашисты напали на нас внезапно, хоть мы и готовились к войне все время и должны были предупредить удар. А что еще удивительней, этот удар оказался настолько сильным, что в военных сводках вместо победных сообщений невнятно говорилось о тяжелых оборонительных боях, которые ведут наши войска, отступая в глубь своей территории и тем самым изматывая противника.

— Это надо понимать так, что противник умрет от усталости, стараясь догнать наши войска, — сделал вывод балагула Нэях Марголин, и никто на нашей улице не рассмеялся этой шутке, а даже наоборот: намекнули, что за такие шуточки, если сообщить куда следует, не погладят по головке.

И даже, возможно, кто-то, движимый лучшими патриотическими чувствами, донес об этом куда следует, но это не отразилось на судьбе балагулы, потому что его к тому времени уже мобилизовали в армию, как и всех других мужчин с нашей улицы, способных носить оружие. А кто на Инвалидной улице не способен носить оружие, если здесь любой балагула здоровее быка и может взвалить на плечи своего коня и пронести его до водопроводной колонки напоить, если стоит гололедица и конь может поскользнуться и потерять свои ездовые качества? Забрали в армию всех мужчин, и на нашей улице остался лишь отец Берэлэ, грузчик с мельницы Эле-Хаим Мац, которого комиссия забраковала из-за профессиональной болезни грузчиков — грыжи.

Во вторую ночь после начала войны — а была тогда теплая июньская ночь — мы лежали рядом с Берэлэ в траве под мичуринским деревом, на котором росло сразу несколько сортов яблок в саду у балагулы Нэяха Марголина, и вели последний наш с ним в этой жизни разговор. Конечно, ни капельки не подозревая, что этот разговор последний.

В саду силами всего трудоспособного населения нашей улицы в один день было вырыто большое бомбоубежище. Его накрыли тремя рядами толстых бревен, а сверху присыпали плотным слоем земли. Так что никакие осколки нисколько не были страшны укрывавшимся в убежище людям, и только прямое попадание тяжелой авиационной бомбы могло убить всех, кто там сидел. Но во-первых, не каждая сброшенная с самолета бомба относится к категории тяжелых, а совсем наоборот — большинство бомб легкие, весом в два-три килограмма, не больше, и вреда от них, если ты укрыт, не больше, чем от комариного укуса. Во-вторых, прямое попадание бывает настолько редко, что это считается явлением исключительным. Это нужно, чтоб у всех десятков людей, сидящих глубоко под землей, на роду было написано одинаковое несчастье и всем им до одного суждено, чтобы бомба, сброшенная с такой высоты, невзирая на отклонения и даже на ветер, угодила прямо в эту точку. Такое бывает раз в жизни. И, как говорится, в первый и последний раз.

Одним словом, чтобы угодить под прямое попадание бомбы, надо быть очень невезучим человеком. Таких людей на нашей улице называли шлимазл. Но вся наша улица была уверена, что шлимазлы поселились на соседней, а не на нашей улице.

Поэтому на ночь все население улицы с детьми и стариками, с ночными горшками, термосами с чаем и сумками с бутербродами укрылось в бомбоубежище под тройной накат бревен, и им было там так тесно, как селедкам в бочке. Некоторые женщины держали детей на плечах, потому что на полу не было ни сантиметра свободного места. Можете себе представить, какой там был воздух! Ведь дети, невзирая на войну, просятся на горшок по малой и даже большой нужде, и все это надо хранить до утра, потому что некуда вылить. А старики от страха тоже портят воздух. И не одеколоном. А совсем наоборот. А вентиляцию впопыхах забыли установить. Короче говоря, там можно было задохнуться задолго до прямого попадания бомбы.

Поэтому мы с Берэлэ, невзирая на протесты наших мам, выбрались из этой душегубки наружу и легли в траву у входа в бомбоубежище, благоразумно решив, что если фашисты действительно начнут бомбить наш город ночью и почему-то изберут своим главным объектом сад балагулы Нэяха Марголина, и не будут промахиваться, а будут класть бомбы точно в цель, то у нас хватит времени прыгнуть в бомбоубежище на головы уже полузадохнувшихся от вони людей и переждать, пока самолеты улетят.

Мы лежали на спинах, заложив руки за головы, и смотрели в ночное небо, где, как и в мирное время, мерцали звезды. Слышно было только далекое гудение моторов и сухой треск зенитных орудий. С той стороны тянуло запахом гари. Еще два дня назад там был военный аэродром и оттуда поднимались в небо и туда же уходили на посадку с утра до ночи тупорылые истребители “И-16” с красными звездами на крыльях. Это тренировали молодых пилотов, чтобы они могли достойно встретить врага.

Мы все, жители города, которые всегда гордились советской авиацией и любовно называли своих любимцев летчиков “сталинскими соколами”, оказались невольными и печальными свидетелями того, что эта долгожданная встреча наших соколов с фашистскими стервятниками так и не состоялась. По очень простой причине. Ни один советский самолет не успел подняться с аэродрома в небо. Немцы налетели внезапно, как коршуны, и не оставили камня на камне от аэродрома. Все самолеты сгорели на земле, а летчики были убиты и ранены осколками бомб. Аэродром горел уже вторые сутки, и острые запахи горелого металла и краски доходили до нас. А гудели в небе немецкие самолеты, которым больше никакая опасность не грозила, и они спокойно выбирали мишени для бомбометания. На редкие выстрелы зенитных орудий они обращали столько же внимания, сколько балагульский конь на писк комара. После аэродрома их очередной мишенью был железнодорожный мост через Березину.

— Вот увидишь, — горячо шептал Берэлэ, воспринимавший первые неудачи нашей армии как личную обиду,— через несколько дней все изменится. Это все хитрый замысел нашего командования: отвлечь противника, а потом нанести сокрушительный удар. Я могу поспорить на что угодно.

Я спорить с ним не стал, а только заметил, что жители города уже бегут на другую сторону реки и есть достоверные сведения, что немецкие танки вот-вот подойдут к городу.

— Брехня! — взорвался Берэлэ. — Вражеские слухи! Их нарочно распространяют шпионы, чтобы вызвать панику. У меня совсем другие сведения. На нашей реке будет дан решающий бой, и Гитлер будет разбит наголову.

— Но почему люди покидают город?

— Только трусы и шкурники удирают.

— Говорят, что завтра может быть поздно: взорвут мосты.

— Побольше слушай бабские разговоры.

— Это не бабские разговоры. Моя мама утром заберет нас из города. Пока есть транспорт.

— Скатертью дорога, — сплюнул в траву Берэлэ и даже не взглянул на меня. — А мы никуда не побежим.

— Говорят, евреев фашисты убивают в первую очередь.

— Наши их не впустят в город.

— А если впустят?

Берэлэ долго молчал, глядя на мигающие в небе звезды,— потом повернул ко мне лицо, и в его глазах была такая тоска, что у меня больно сжалось сердце.

— Слушай, — медленно и тихо сказал он. — Мы с тобой друзья навеки? Так?

Я кивнул.

— Если вы завтра покинете город, то, возможно, мы с тобой больше не увидимся. Ведь война. Правда?

— Пойдем с нами, — шепнул я пересохшими губами.

— Не могу, — мотнул головой Берэлэ. — Отец не согласен.

— Почему?

— Почему-почему! — раздраженно ответил он. — Потому что он свое барахло бросать не хочет.

— Но мы же бросаем.

— Вы легко нажили, легко бросаете. А мой отец своим горбом... Ему легче умереть, чем бросить.

— Тогда беги один... с нами.

— Никогда я не брошу своих в беде. Что с ними будет, то и со мной.

И, помолчав, добавил:

— Давай прощаться.

— А мой отец, должно быть, уже воюет... — мечтательно протянул я, когда мы разжали объятия.

— Твой отец вернется с войны героем, — вздохнул Берэлэ, и в его вздохе я почуял нескрываемую зависть ко мне за то, что мой отец воюет, а его отец освобожден от службы в армии по состоянию здоровья. Если б его отца взяли в армию, то мы бы с Берэлэ не разлучались и вместе покинули бы город.

Где-то далеко ухнули глухие взрывы, и земля под нами дрогнула. Мы приподнялись на локтях и увидели зарево в небе.

— Горит нефть на станции,— сказал я.

— Нет, это железнодорожный мост,— определил Берэлэ.

И он не ошибся.

Утром мы узнали, что железнодорожный мост взорван и больше ни один поезд не уйдет из нашего города на восток. Другой мост, шоссейный, стали бомбить каждый час, и там убито много народу.

В городе началась паника. Ошалевшие от страха люди метались по улицам, волоча детей и чемоданы с пожитками. Целые толпы устремились к реке, к шоссейному мосту, в на-

11 – 7872

дежде проскочить на ту сторону, пока мост окончательно не разбомбили.

Моя мать ушла из дома, ничего не взяв с собой.

— Лишь бы сохранить эти две головы, — сказала она, прижав к себе меня и мою младшую сестренку.

Она закрыла окна, заперла двери, а ключи взяла с собой, словно не хотела расстаться с надеждой, что вернется обратно и этими ключами отопрет дверь. Но вернуться обратно очень скоро она не рассчитывала. Потому что, выбирая в шкафу, во что бы меня одеть, она вытащила новое зимнее пальто из сукна, на вате, с меховым воротником, сшитое мне на вырост и поэтому очень длинное, почти по пола, а из рукавов не видно было кончиков пальцев. И заставила меня надеть эту тяжесть в июньскую жару. Значит, она предполагала, что зимовать нам придется не дома.

Но в то же время на ноги она мне надела легкие кожаные сандалии, а на голову напялила матросскую шапочку с лентой, на которой золотыми буквами было написано “Аврора” — название легендарного крейсера, своим выстрелом возвестившего начало Октябрьской революции в 1917 году.

Я был одет как клоун — в теплое зимнее пальто и в летние обувь и шапочку. И еле переставлял ноги, неуклюже передвигаясь с места на место. Только на нервной почве можно так одеть ребенка. Я не стал возражать и покорно подчинился, потому что сам тоже нервничал, опасаясь, что мы не успеем проскочить мост до того, как он под бомбами окончательно рухнет в воду.

Все улицы, ведущие к мосту, были запружены пестрой

толпой, топтавшей брошенные чемоданы и вещевые мешки, детские коляски и цинковые ванночки для купания детей. Я наступал на смятые в комья платья, дамские лифчики, фетровые шляпки, кастрюли, резиновые галоши, гуттаперчевые куклы с румяными щеками и выпуклыми голубыми глазами.

У людей глаза были такие же выпученные, как у кукол, и они кричали, звали детей, рыдали. На меня, похожего на пингвина в длиннополом зимнем пальто, никто не обращал внимания. Я потел, словно болел воспалением легких, и пот застилал мне глаза и пачкал лицо, потому что пыль прилипала к мокрым щекам и лбу.

А дома с обеих сторон стояли с распахнутыми настежь окнами и дверьми, и ветер шевелил занавеси в пустых комнатах. Мы шли мимо брошенных домов. Из боковых улиц, как маленькие ручейки в большую реку, вливались в нашу толпу все новые и новые люди.

Солнце пекло немилосердно. Пыль клубилась над головами и скрипела на зубах. Я двигался, как во сне, запеленутый в пальто, как во влажный компресс. Потом перестал двигаться. Впереди движение застопорилось. Толпа застыла на месте. А задние продолжали напирать. Над головами шелестел шепоток:

— Мост бомбят. Надо переждать.

Мама, боясь потерять нас, вцепилась в меня и сестру, держа нас за воротники, как котят.

Толпа не стояла на месте, а бурлила водоворотами, и меня порой сдавливали так, что я не мог дышать. Один из таких водоворотов вытеснил нас всех троих на боковую улицу, и мама даже обрадовалась, что мы выбрались живьем.

И тут меня осенило. Я сказал маме, что нам нечего ждать, пока перестанут бомбить мост, что я знаю, как перебраться на другой берег без всякого риска и без задержки.

Это был первый случай, когда мама поверила мне на слово, не стала задавать никаких вопросов и покорно пошла за мной, ведя за руку сестричку, как идут за мужчиной, за его надежной широкой спиной.

Я повел их знакомой дорогой туда, где в хибаре Харитона Лойко жила слепая Маруся. Мы вышли к реке, пустынной, мертвой, без пароходов и лодок, миновали столб со спасательным кругом, где когда-то мы с Берэлэ Мацем и Марусей зарыли клад, отсчитав семь шагов к юго-востоку, и увидели Марусю с Харитоном. Маруся узнала меня по голосу, и даже Харитон припомнил меня. И конечно, первый, о ком спросила Маруся, был Берэлэ, и я сказал ей, что он остается в городе.

— Вот хорошо! — просияла Маруся. — Хоть кто-нибудь останется из знакомых. А то все бегут и бегут,

— Его убьют здесь.

— А там, — кивнула на другой берег реки Маруся, — ты будешь в сохранности? Все в руках Божьих. Как кому на роду написано, так тому и бывать.

Я и не думал прежде, что Маруся верит в Бога и судьбу. Но не стал долго задумываться над этим любопытным открытием, а сказал Марусе, зачем пришел с мамой и сестричкой.

— Это мы сделаем,— закивала Маруся.

Харитон, к счастью, был трезв в этот день и молча, дымя своей короткой трубкой, взял на плечо весла и пошел вниз к отмели, где была привязана лодка. Отомкнув цепь, он столкнул лодку в воду, упираясь потрескавшимися ступнями босых ног в мокрый песок и оставляя на нем глубокие ямки. Я, как взрослый, посадил маму, потом помог перелезть через борт сестре. Маруся тоже поехала с нами. И мы поплыли наискосок через реку, подгоняемые невидимым течением. Харитон молча рулил на корме. Маруся сидела возле меня и держалась за мою руку.

Мне стало грустно так, что я чуть не заревел. Город отступал, уплывал от нас своими улицами и садами. Я почуял, что покидаю родной город надолго, а может быть, навсегда, и, возможно, больше не увижу ни моего лучшего друга Берэлэ Маца, ни нашей слепой подружки Маруси. У Маруси была холодная ладонь, и лежала эта ладонь в моей горячей потной руке.

За поворотом реки, невидимые отсюда, гудели моторы самолетов и то и дело гремели взрывы: там продолжалась бомбежка моста.

Когда лодка мягко ткнулась в болотистый, заросший осокой берег, моя мама растерянно и благодарно посмотрела на Харитона:

— Спасибо, добрый человек. Не знаю, чем и благодарить тебя.

— А чего знать? — просипел Харитон, не глядя в глаза,— Вот сними с мальца пальто и оставь слепой.

— А в чем он будет зимой ходить? — растерялась мать.

— А она, убогая, пускай мерзнет? — огрызнулся Харитон.

— Не надо, мама, — вмешался я, поспешно стаскивая с себя ненавистное пальто. — До зимы еще далеко. Возьми, Маруся. Носи на здоровье.

Сбросив ей на колени тяжелое пальто, я, как освобожденный от оков узник, легко соскочил на топкий берег, набрав в сандалии ржавой воды.

Мама, расстроенная потерей пальто, передала мне сестричку на руки, а потом слезла сама и пошла от лодки, не попрощавшись с Харитоном и Марусей и даже не взглянув на них.

Я же оглянулся и помахал им. Маруся махала нам вслед.

Пешком мы прошли двадцать километров на восток, смешавшись с новой толпой беженцев, и, не отдай я пальто Марусе, я не выдержал бы и свалился на дороге от теплового удара. Сестричку мы несли на руках по очереди с мамой. Мама дольше, а я немножко. Потом снова менялись.

Поздно вечером на какой-то станции солдаты погрузили нас в товарный поезд, состоявший из низких открытых платформ с маленькими бортиками. На нашей платформе лежали тюки прессованного сена. Я забрался на самый верх, улегся в сено, и надо мной замигали звезды. Те же самые, что и прошлой ночью, когда мы с Берэлэ лежали в траве у входа в бомбоубежище и разговаривали в последний раз.

Поезд мчался на восток, паровоз приглушенно гудел, словно боялся, что его по звуку обнаружат самолеты, из его трубы низко стлался черный дым, и копоть падала мне на лицо. Ветер шевелил ленты моей матросской бескозырки.

Мама с сестрой приткнулись внизу, под тюками с сеном, и, уже засыпая под стук колес, я слышал, как мама озабоченно предупредила меня:

— Смотри не упади.

— Я не маленький, — ответил я уже сквозь сон.

И это были последние слова единственного сына, которые довелось услышать моей маме. А я, когда потом пытался вспомнить мамино лицо, почему-то слышал врезавшиеся мне в память слова:

— Смотри не упади.

Я упал с поезда. Но не по неосторожности. И меня не сдуло ветром.

Бомба взорвалась рядом. Мама своими глазами видела, как в блеске пламени я взлетел вверх и рассыпался на куски. И один кусок упал ей на руки. Это была моя матросская шапочка с надписью “Аврора” на ленте.

А поезд, не снижая скорости, продолжал мчаться.

Как вы догадываетесь, меня не разорвало на куски. Иначе я бы не мог вам всего этого рассказать. Меня просто сбросило с поезда при взрыве бомбы, и я даже не ушибся, потому что упал в мягкий песок откоса железнодорожной насыпи. Поезд, откуда я явственно слышал крики моей мамы, исчез в темноте, а я остался один в тринадцать лет, в коротких штанишках и сандалиях на босу ногу. Потом, когда я добрался до ближайшей станции, мне сказали, что наш эшелон вторично бомбили и никто не остался в живых. В это было нетрудно поверить, потому что сама станция уже горела и кругом валялось много убитых.

Как я прожил четыре года войны один и остался в живых — это отдельная история и к нашему рассказу никакого отношения не имеет. Потому что это происходило не на Инвалидной улице, а я сейчас вспоминаю все, что связано с моим другом Берэлэ Мацом, с которым нас эта улица свела и подружила и где мы прожили с ним наше общее детство.

А вспомнил я об Инвалидной улице, когда кончилась война. Я уже к тому времени был солдатом и вместе со своим гвардейским артиллерийским полком находился в Германии под городом Нойбранденбургом, хотя по *возрасту* не подлежал призыву. Меня, голодного, неумытого оборванца, подобрали солдаты этого полка в середине войны на одной станции на Волге, где я, так как никак не мог научиться воровать, собирал милостыню чтением стихов, памятных мне еще со школьной скамьи. И я стал “сыном полка”, то есть маленьким солдатиком, и меня посылали под огонь туда, где взрослый бы пройти не мог, и даже наградили двумя медалями. Честное слово. Когда кончилась война, мой возраст еще не подходил для военной службы и меня одним из первых демобилизовали и отправили домой.

Но тут возникает законный вопрос: где был мой дом? Семьи у меня не было — она погибла. Куда мне ехать — я не знал. И тогда меня потянуло в город, где я родился, посмотреть, что стало с Инвалидной улицей, с которой я даже не успел попрощаться в начале войны, потому что был в другом городе. Я помнил наш дом, сложенный из толстых бревен моим дедом Шаей, и уже, как взрослый человек, понимал, что если этот дом не сгорел и каким-то чудом уцелел, то я остался единственным наследником и владельцем этого дома. Следовательно, я его немедленно продам, а цены после войны очень высокие, и с полными карманами денег начну новую жизнь, в которой мне, молодому здоровому солдату с двумя медалями на груди, будет море по колено.

Подгоняемый этими мыслями, я, как на парусах, мчался в наш город, который оказался основательно разрушенным и сожженным, а потом не шел, а бежал мимо руин и пепелищ, безошибочно угадывая направление.

Инвалидная улица сгорела почти вся. Ни домов, ни заборов. Только кирпичные фундаменты, поросшие травой, остатки обугленных бревен и сиротливые дымоходы русских печей, закопченных после пожара. И вы не поверите, потому что я не поверил своим глазам: наш дом стоял цел и невредим. И даже забор и большие ворота, на которых был написан тот же номер, что и до войны, и даже фамилия владельца. Моя фамилия. Вернее, не моя, а моих предков. Но какая разница — ведь я же их единственный наследник.

Как я потом узнал, наш дом не сожгли лишь потому, что в нем помещалась немецкая полиция. Но в тот момент меня это не интересовало. Главное было в том, что я не один на свете. После войны остались в живых я и наш дом. Я мгновенно стал человеком с обеспеченным будущим. Волнуясь, стоял я у калитки. Несомненно, какие-то сантименты бурлили в моей душе, но я был солдат и умел не показывать виду. Как солдат, я пытался точно сориентироваться в обстановке: не продешевить по неопытности и продать дом за хорошую цену.

Мне лично дом не был нужен. Война меня сделала вольной птицей. Все мое имущество помещалось в вещевом мешке и состояло из двух банок мясных консервов, выданных сухим пайком, и смены солдатского белья. Да еще трофейный кинжал, который мне был дорог как память. Им я был ранен в лицо в рукопашной схватке, окончившейся весьма удачно для меня. Владелец кинжала хотел попасть мне в горло, но промахнулся и воткнул его мне в челюсть, и я остался жив, чего не могу сказать о нем. Его сзади штыком закололи прибежавшие на подмогу ребята.

Так что вы сами понимаете: к калитке я подходил нищим, а открыв ее, становился сказочным богачом.

Я открыл калитку.

Тут я прошу моих слушателей оставаться спокойными и попытаться представить на миг выражение моего лица. Я его, естественно, видеть не мог, но когда теперь, спустя много времени, хочу его вообразить, то другого слова, как "помертвел", не могу подобрать. Я отчетливо помню только, что мне сделалось на минуточку нехорошо, хоть я был парнем крепким и отнюдь не сентиментальным.

То, что дом обитаем и что в нем кто-то живет, — я не сомневался. И я, пока шел к калитке, не без удовольствия представлял, как я этим удивленным жильцам предъявлю свои хозяйские права и твердым отнюдь не мальчишеским голосом предложу выметаться подобру-поздорову.

В нашем доме действительно жили. И эти люди теперь

стояли во дворе и с недоумением смотрели на обалдело застывшего в калитке молоденького солдатика с вещевым мешком на плече.

Кто же стоял во дворе?

Моя мама. Раз. Такая же, как до войны. Только очень плохо одетая. С косынкой на голове, она согнулась над корытом, в котором пузырилась белая мыльная пена. Она взглянула на меня, не узнала и снова склонилась над корытом.

Моя сестра. Два. Она выросла за эти годы и вытянулась в длинного подростка, и я бы ее никогда не узнал, если бы не увидел рядом с мамой. Она меня, конечно, тоже не узнала и просто с любопытством разглядывала молоденького солдатика, который выглядел совсем мальчиком, хоть на нем была военная форма и на груди поблескивали медали. Ведь тогда, в ту пору, вернувшиеся с войны солдаты бродили по чужим дворам, пытаясь хоть что-нибудь узнать о судьбе своих близких. У евреев все не как у людей. Мужчины, воевавшие на фронте, имели больше шансов уцелеть и выжить, чем их семьи, которых поголовно истребляли. И потому евреи в военной форме бродили по чужим дворам, и никто этому не удивлялся. И моя фигурка, застывшая в калитке, тоже не вызвала удивления.

Третьей стояла моя старенькая тетя Рива. Одинокая, бездетная, никогда не выходившая замуж и отдавшая свое сердце многочисленным племянникам, в том числе и мне, которых она нянчила, защищала от родительского гнева и которые, когда вырастали, все до единого забывали о ней.

Вот она-то меня и узнала.

Заслонив рукой глаза от солнца, она долго вглядывалась в меня и спокойно, так, будто это у нее не вызвало никакого удивления, громко сказала:

— Кажется, это...

И она назвала меня тем самым уменьшительно-ласкательным именем, каким меня называли, когда я был очень маленьким.

Я чуть не крикнул:

— Да! Это — я!

Но ничего не сказал. Не мог выговорить ни слова.

Тогда моя мама подняла глаза от корыта, прищурясь, посмотрела на меня, высокого, худого, в выгоревшей на солнце пилотке и запыленных сапогах, разогнулась и пошла,— как неживая, ко мне, как-то странно переставляя ноги и стирая ладонями мыльную пену с голых до локтей рук. До меня ей было шагов двадцать пять. Она переставляла ноги, и лицо ее не выражало ничего, как маска, и она продолжала ладонями стирать с локтей пену, хотя пены на руках уже не было.

Я не трогался с места. Еще раз повторяю, я весьма далек от сантиментов, и потом, люди, выросшие на Инвалидной улице, не привыкли к открытому проявлению чувства. Детство мое в войну было несладким и сделало меня волчонком, готовым в любой миг оскалить зубы, а плакал я последний раз задолго до войны.

Я стоял, как пригвожденный, и не сделал ни одного шага навстречу маме. А она все шла, с каждым шагом лучше узнавая меня, и, когда была уже совсем близко, раскинула руки, чтоб обнять меня. И тут я совершил такой поступок, за который любой нормальный человек назвал бы меня негодяем, подкидышем, выкрестом, скотом и был бы абсолютно прав. Но мама, моя мама, которая родилась и выросла на Инвалидной улице, все поняла и даже не обиделась.

Я не позволил маме обнять меня. Это было бы слишком. Ведь я плакать не умел, а вы можете сами представить, какие чувства бурлили в моей душе, и я бы мог взорваться, как бомба. Я крикнул армейскую команду:

— Отставить!

И руки матери упали вниз.

Потом я протянул ей свою руку и сказал просто, как будто вчера вышел из дому:

— Здравствуй, мама.

Она ничего не ответила и молча пошла рядом со мной к дому и ни одной слезинки не проронила.

— У людей так не бывает,— скажете вы.

И я вам отвечу:

— Да. Это бывает только на Инвалидной улице. Ведь у нас все не как у людей.

Ну, кто, скажите вы мне, может похвастать таким?

Потерять сына, видеть его смерть и через четыре года найти его живым и здоровым. И дом сразу получает хозяина. И этот хозяин ходит по двору голый по пояс, в брюках-галифе и, как взрослый, чинит забор, колет дрова, и женщины в доме чувствуют себя в полной безопасности за его широкой спиной.

Когда все волнения улеглись, мама мне созналась, что в разгар войны в далекой сибирской деревне ей гадала на камушках одна старушка и сказала маме, что у нее пропали двое мужчин и, как Бог свят, они оба живы. Насчет одного сибирская старушка действительно угадала — я вернулся живым. А что касается отца, тут уж она дала маху. Похоронное извещение у мамы на руках, и потом, государство зря не будет платить пенсию. Спасибо уж за то, что угадала наполовину. Обычно гадалки просто врут. Но эта сибирская старушка, дай ей Бог долгие годы, как в воду глядела.

Через три недели после моего воскрешения открывается наша калитка, и входит мой отец. В такой же солдатской форме, как и я, и с таким же вещевым мешком на плече.

И он был удивлен точно так же, как и я, застав всю семью во дворе. Вы будете смеяться, но он, как и я, приехал продавать дом. Дом, построенный делом Шаей. Дом, полагал он, еще может сохраниться после такой войны, но еврейская семья — ни за что.

Что тут долго рассказывать. Моя мама не сошла с ума. И, кажется, даже не удивилась.

— У нас все не так, как у людей, — сказала она.

Мой отец был в немецком плену. Как он выжил? Спросите об этом у него.

— Понимаешь, сынок, — объяснил он мне и хитро при этом улыбнулся. — Попал я в плен, к счастью, не со своими солдатами. Они бы меня выдали за пачку махорки.

Когда мой батальон разбили и рассеяли по лесу, я сорвал с себя командирские знаки различия, зарыл в землю партийный билет и в одиночку стал пробиваться к своим. Не вышло. Схватили.

И вот стою я, понимаешь, в колонне военнопленных в городе Кременчуге, на площади. Немцы нас построили и через переводчика объявляют:

— Кто еврей — три шага вперед!

Много народу вышло из строя, их отвели в сторонку.

Я — стою.

Снова объявляют:

— Кто коммунист — три шага вперед!

Их тоже в сторонку, к евреям.

Я — стою.

— Старший командный состав — три шага вперед!

И этих туда же, к коммунистам и евреям.

Я — стою, будто меня не касается.

Потом всех, кто вышел, тут же на площади и расстреляли. Из пулемета.

А я, как видишь, жив и с тобой вот болтаю. Почему? Мне сынок, надо было сделать не три шага, а целых девять. А как ты знаешь, я — большой лентяй.

Мой отец такой! Как скажет — так скажет! Только держись!

Когда его освободили из плена, никто его не похвалил за находчивость. В России так не принято. Даже наоборот. Сталин считал, что плен — это позор и этот позор надо смыть кровью. Или быть убитым или хотя бы раненым. И тогда Родина простит.

Чтобы человеку было легче быть убитым или раненым, всех пленных, кто выжил у немцев, собрали в штрафные батальоны и без оружия погнали в атаку впереди наступающих войск, чтобы они огонь приняли на себя.

— Приятная перспектива, — скажете вы.

На что я вам отвечу:

— Не дай вам Бог, будучи русским солдатом, попасть в плен и потом еще остаться живым. Номер не пройдет. В штрафном батальоне доделают то, что в плену не смогли.

— Как же выжил ваш отец? — напрашивается естественный вопрос.

Лучше послушайте, как он мне самому на это ответил:

— Понимаешь, сынок. Везение. Наш штрафной батальон должен был пойти на прорыв ясско-кишиневской группировки в Бессарабии, и перед атакой нас посадили в воду на реке Прут, чтобы по сигналу форсировать ее. Но наступление отложили, и мы сидели в воде и неделями ждали сигнала. Было очень жарко, и все штрафники схватили дизентерию, что означает — кровавый понос. Так как была опасность заразить всю армию, нас увезли в госпиталь. И из нас еще долго хлестала кровь, правда, не из ран, а из известного места. Чтобы смыть позор, нужна была кровь. Нашу кровь они получили. Значит, позор смыт. Как говорится, каков позор, такова и кровь.

И он при этом долго смеялся. И я смеялся. И мама. И моя сестра. На Инвалидной улице вообще любят смеяться. Даже там, где другие плачут, у нас смеются. У нас все не так, как у людей.

От Инвалидной улицы не осталось ровным счетом ничего. Даже названия.

На том месте, где прежде стояли деревянные дома, сложенные нашими дедами из толстых, в два обхвата, просмоленных бревен, где, казалось, на века вросли в землю из таких же бревен ворота с коваными железными засовами, где дворы заглушались садами, начиная от научного, по методу Мичурина, сада балагулы Нэяха Марголина до нашего неухоженного, дикого, но зато полного осенью плодов, где вдоль забора росли огромные лопухи, как уши у Берэлэ Маца, и целые заросли укропа, и потому воздух нашей улицы считался, не без основания, целебным, и, дыша от рождения этим воздухом, на улице плодились и вырастали богатырского сложения люди, — на этом самом месте теперь ничего не было.

Были деревья, были тротуары, а домов не было, одни фундаменты из закопченных кирпичей и груды недогоревших обугленных бревен, вокруг которых размножились заросли крапивы и лопухов.

Я долго бродил в одиночестве по пепелищу, оставшемуся на месте дома, где жил Берэлэ Мац, ковыряя носком армейского сапога кучи пепла и ржавых гвоздей, и нашел гриф от маленькой скрипки с концом струны, свернувшейся спиралью. Сомнений быть не могло — я нашел обломок его маленькой скрипки, бережно поднял ее, обтер рукавом моей солдатской гимнастерки и понес домой на вытянутой руке, как хрупкую вещь, которая вот-вот рассыплется.

Моя мама тоже сразу узнала ее. Ничего не сказала. Только горестно покачала головой. А мой отец, военный чело-

12 – 7872

век, вытянул руки по швам и остался недвижим, как это делают на военных похоронах.

Ни отец, ни мать не могли осознать всей глубины потери. Для них это был товарищ сына. Не самый лучший товарищ. Непутевый, вороватый, за которым нужен был глаз да глаз. Они ведь не знали его, как знал я, и поэтому не осознавали, какую страшную потерю понесло человечество.

Сад кустарей уцелел. Правда, часть деревьев была вырублена, и кругом торчало много широких пней, на которых люди сидели, как на скамьях. Сохранился и забор, через который мы когда-то прыгали в сад и на котором я умудрился получить в зад полный заряд соли, выстреленной из ружья сторожа Ивана Жукова.

Брезентового шатра цирка не было. И место, где когда-то была арена и амфитеатром поднимались деревянные скамьи, теперь поросло кустарником. Асфальт на аллеях потрескался, и в трещинах змеилась зеленая трава.

Но по вечерам в Саду кустарей, как и до войны, зажигались фонари и духовой оркестр заводил “Солдатский вальс” — очень популярный в те годы. Как-то, заслышав музыку, я пошел в этот сад. Потянуло. У входа стояли женщины-контролеры и лениво щелкали подсолнечные семечки. Билет стоил пустяк. Но я не стал покупать билета. Меня помимо моей воли потянуло к забору, и, как некогда в детстве, я махнул через него. Но не с воробьиной стаей моих товарищей, а один. Потому что я единственный из них остался в живых. В военном кителе с бренчащими на груди медалями, в брюках-галифе и армейских сапогах, начищенных черным гуталином до тусклого блеска, я упруго подтянулся на руках, перекинул свое тело через верхушки досок забора, показавшегося мне совсем невысоким. И с грохотом опустился не на землю, а на что-то мягкое, издавшее подо мной жалобный писк.

Это оказался сторож Иван Жуков, уже старый и без ордена, который он где-то потерял по пьянке, сидевший теперь в засаде под забором, подстерегая безбилетную шпану. От прошлого Жукова в нем остались лишь багровый от пьянства нос и деревянная нога.

Он так испугался, когда я чуть не придушил его своей тяжестью, что долго не мог прийти в себя, и я потом угощал его водкой в буфете, и он выпил целых триста граммов, пока восстановил нормальную речь.

Жуков плакал пьяными слезами, глядя на меня, и искренне сокрушался, что из всей нашей банды уцелел и выжил я один. И говорил, моргая красными веками и хлюпая носом, что он еще тогда меня приметил, и поэтому нет ничего удивительного, что я вымахал таким молодцом. Потом он жаловался мне на жизнь, на злую обиду, нанесенную ему. Появились новые, заграничные протезы, и их выдают бесплатно инвалидам Отечественной войны, а его обошли, потому что он с гражданской войны, и неблагодарные люди забыли, что именно он, ценой своей ноги, устанавливал для них советскую власть. Он еще долго сокрушался об ушедшем поколении, которое не чета нынешнему. И на прощанье мокро облобызал меня, выругался по матери и сказал:

— Нужен мне их протез! В гробу я их видал в белых тапочках! Я свой самодельный на сто новых не променяю.

Мне было приятно сидеть с Жуковым. Будто родственника встретил. Не очень любимого. Но своего человека, с которым у меня есть какие-то общие воспоминания.

— А Харитон Лойко где? Жив? — вдруг спросил я, почему-то решив, что пьяницы друг о друге должны знать.

И не ошибся.

— Нет его, — вздохнул Жуков. — Царство ему небесное. Фашисты расстреляли.

— За что? — искренне удивился я.— Он же не еврей. И коммунистом не был.

— Мало ли за что убивают,— поморщился Жуков.— Сам знаешь, какая цена человеческой жизни. Вот медали носишь... Небось, тоже убивал... Давай еще выпьем.

Я заказал ему еще сто граммов водки, и старик совсем захмелел:

— О чем это мы тут с тобой говорили?

— За что Харитона Лойко расстреляли...

— Верно... Сказывают, евреев в своей хате прятал, а немцы за это пускали в расход немилосердно.

— Его... одного расстреляли?

~ Ну, и евреев, конечно... которых у него нашли.

~ А еще кого?

— Мало тебе, что ли? — Жуков удивленно глянул на меня.

— А у Харитона жила девочка... сирота...

— Слепая, что ли?

— Вот-вот. Марусей ее звали. Милостыню возле базара собирала...

— Как же... знаю.

— Ее тоже убили?

— Нет, — убежденно сказал Жуков и даже усмехнулся. — Чего же на убогую пулю тратить?

— А куда она девалась? — загорелся я, — Может, встречали ее где?

— А как же? Считай, каждый день встречаю. И ты пойдешь и встретишь...

— Куда пойти?

— На Центральную площадь. Памятник героям гражданской войны помнишь? Уцелел памятник. Людей нет, а памятник есть. Вот там она и сидит... побирается.

Меня бросило в жар. Я хотел тут же бежать искать Марусю, но Жуков удержал меня тем, что сказал — в такое позднее время ее там быть не может, а вот утром непременно будет сидеть.

Возможно, Жуков хотел еще сто граммов водки выпить за мой счет и поэтому удержал меня. А может быть, говорил правду. Я заказал ему водки. И даже кое-что из закуски. Он вполне заслужил такой награды. За сведения, которыми меня снабдил.

Рано утром я спешил к Центральной площади. Вся Социалистическая улица сгорела дотла, но так как на ней до войны стояли только каменные здания, то не было пепелищ, а пустые кирпичные коробки сиротливо глядели на меня закопченными дырами окон. Тротуары были очищены от обломков, и на них, вернее, на той же правой стороне, как и до войны, сидели и стояли нищие. Совсем не те, кого я помнил с детства, а новые — инвалиды войны. Безрукие и безногие мужчины, донашивавшие армейское обмундирование, просили милостыню. Без всяких фокусов, как это делали некогда знаменитые Копейка или Андриан. Просто протягивали руку. Если рука была цела. И не просили, а гневно требовали у прохожих. Некоторые инвалиды были пьяны уже с утра.

Памятник стоял невредим на Центральной площади, поблескивая мраморными гранями, и даже фамилии похороненных под ним героев гражданской войны можно было прочесть, невзирая на то что позолота букв заметно поблекла. Имена героев были сплошь еврейскими. И немцы, которые несколько лет хозяйничали в городе, не придали этому значения и не уничтожили памятник. А исчезли еврейские имена с памятника позже, когда Сталин, которому не давали покоя лавры Гитлера, стал притеснять евреев в Советском Союзе. Вот тогда под предлогом ремонта памятника сменили мраморные плиты облицовки и на них вместо еврейских имен золотом вывели слова: “Вечная слава героям!” Каким героям? Как их звать? А это никого не касается. Герои, и все. Безымянные.

Подходя к памятнику, я заметил, что кое-где мрамор поврежден осколками и в нем зияют рваные дыры, будто он болел в оккупацию оспой.

Маруся сидела на нижней ступени, и я, остановившись перед нею, долго и взволнованно разглядывал ее. Она очень изменилась с тех пор. Тогда была худенькая рыженькая девочка с закрытыми глазами. Теперь передо мной с такими же склееными ресницами сидела полногрудая женщина довольно высокого роста и широкая в кости. Узнать ее можно было лишь по густым волосам медного цвета да по веснушкам на белой коже. И, конечно, по незрячим глазам.

На ней был поношенный серо-зеленый китель, должно быть снятый с убитого, а на ногах русские солдатские ботинки, без чулок, обутые прямо на босу ногу. Пока я шел увидеться с ней, мне всю дорогу казалось, что встречу удивительную красавицу. В моей памяти маленькая слепая девочка осталась трогательно-красивой. Взрослая Маруся имела заурядное простое крестьянское лицо, широкое и курносое.

Она почувствовала, что кто-то долго стоит и разглядывает ее. Улыбка тронула ее обветренные губы:

— Кто ты, добрый человек?

— Здравствуй, Маруся,-сказал я, и она сразу узнала меня по голосу и назвала по имени.

— Ты живой? — ахнула она, покраснев до ушей, и, поднявшись со ступени, твердо направилась ко мне и провела ладонью по моему лицу. — Боже мой! Какой пригожий! Живой и красивый.

Я обнял ее, поцеловал в обе щеки, и тогда она прижалась ко мне, как к родному брату, тихо заплакала, выдавливая слезы из-под склеенных ресниц.

— Родненький мой, золотой,— безостановочно гладила она мой затылок и плечи. — Живой, невредимый. Один ты, можно сказать, и сохранился. А другие в могиле. Совсем еще дети были.

Я понимал, кого она имела в виду под другими, и не задавал лишних вопросов. Прохожие с удивлением смотрели на обнимающуюся у памятника необычную пару: молодого солдата и слепую нищенку.

Мы оба сели на мраморную ступень памятника, и Маруся не выпускала моей руки из своих ладоней.

— Ты и теперь поёшь? — спросил я, растроганный и смущенный.

— Ага, — кивнула Маруся. — Помнишь?

И она тихо запела:

Он лежит, не дышит
И как будто спит.
Золотые кудри
Ветер шевелит.

— Только без аккомпанемента, — горестно вздохнула она.— Нет нашей скрипочки.

Я сказал Марусе, что на пепелище дома нашего друга я нашел обугленный гриф той самой маленькой скрипочки.

— Себе на память оставишь? — спросила Маруся, все еще гладя ладонью мою руку. — Верно, храни ты. Ты его дольше знал. Уж какие вы товарищи были, теперь таких не осталось.

— Ты знаешь что-нибудь... как он погиб?

— А как же? — встрепенулась Маруся. — Я же его прятала в нашей хате.

Ее слова взволновали меня до того, что я почувствовал, как дрожат у меня руки, когда прикуривал и долго не мог разжечь сигарету. А Маруся, не торопясь, в подробностях рассказала мне о последних днях нашего друга.

Вскоре после того, как город был оккупирован германскими войсками, всех евреев собрали на окраине, оградив улицы колючей проволокой, и запретили евреям покидать это место. Берэлэ Мац с отцом, матерью и сестрой очутился в гетто. По эту сторону проволоки в городе остались только русские. Все ходы и выходы охраняли не немцы, а подобранная ими из местных уголовников полиция.

Что ожидает загнанных в гетто евреев, не было секретом для остального населения. Прослышала об этом и Маруся и сразу же подумала о Берэлэ. Полицейские, охранявшие гетто, не стали задерживать в воротах слепую нищенку, только посмеялись:

— Ничем там не разживешься. Евреям в пору самим милостыню просить.

В гетто было много людей из тех, кто совсем недавно слушали на Социалистической улице дуэт еврейского мальчика со скрипкой и слепой русской девочки с тонким голоском, и они привели Марусю к Берэлэ.

Маруся рассказала ему, какие слухи об уготованной евреям судьбе распространяются по городу, и предложила забрать его и спрятать у себя в хате.

— А отец? — спросил Берэлэ. — А мать? А сестра?

— Всех спрячем.

— А Харитон не прогонит?

— Не твое дело. Это — моя забота.

Берэлэ, наловчившийся делать подкопы в цирке и обводивший вокруг пальца такого опытного сторожа, как Иван Жуков, без больших осложнений вывел ночью из гетто через дыру в колючей проволоке свою семью, и Маруся до самого утра вела их обходной дорогой по городским окраинам до домика лодочника на реке.

Харитон не обрадовался нежеланным гостям, но противиться Марусе не стал. С отцом Берэлэ, грузчиком Эле-Хаимом, некогда обидевшим его, он разговаривать не стал и в его сторону не смотрел — будто его и не существует. А с матерью Берэлэ и с сестрой иногда перекидывался парой слов.

Еврейская семья разместилась в погребе, под полом, куда зимой Харитон складывал нарубленный на реке и пересыпанный опилками для сохранности лед. Летом он этот лед продавал рыбакам. Холодильников ту пору не было и в помине.

Остатки льда Харитон выгреб оттуда и, настелив на холодный пол охапки сена, сделал там жилье для евреев. И совсем перестал пить. По двум причинам. Сберегал лишнюю копейку, чтоб прикупить что-нибудь съестное для своих жильцов, которым было опасно нос из хаты высунуть. И еще потому, что во хмелю человек не держит язык за зубами и может черт знает что сболтнуть и даже выдать свою тайну.

Слепая Маруся пела на улицах, возле немецких казарм и даже на вокзале, где останавливались военные поезда. Солдаты, хоть они и враги, слепому ребенку всегда что-нибудь дадут: кусочек сахара, горбушку хлеба, а то и банку консервов.

Маруся все несла домой и отдавала Берэлэ.

Гетто к тому времени уже опустело. Всех его обитателей расстреляли в противотанковом рву за городом. А семья Берэлэ была жива и здорова.

Но так продолжалось недолго. Поздней осенью, еще река не замерзла, кто-то пронюхал про жильцов в погребе у лодочника Харитона Лойко, и среди ночи полиция оцепила дом.

Маруся кричала, валялась в ногах у полицейских. Харитон сплевывал кровь из разбитого рта.

Одного за другим вывели из подвала грузчика Эле-Хаима Маца, его жену Сарру-Еху, их дочь Хану и маленького ушастого Берэлэ.

Все молчали. Только громко плакала Маруся.

— И ты, — офицер махнул рукой Харитону. — Становись к евреям. Раз ты так их жалеешь, то и лежать тебе в могиле вместе с ними.

Харитон погиб от одной и той же автоматной очереди, которая остановила сердце Берэлэ, а также уложила в ряд его отца, мать и сестру.

Марусю не тронули, хоть она и бежала за ними, когда конвой уводил арестованных. На слепую пулю пожалели. Так сказал офицер, ударом сапога отогнав ее от края противотанкового рва.

Мы долго сидели на мраморной ступени памятника героям гражданской войны с отбитыми пулями и осколками кусками камня на плитах. Из задумчивости меня вывел глухой стук. Прохожий бросил монетку в железную банку, стоявшую у Марусиных ног. Маруся встрепенулась, повернула ко мне свое широкое лицо, усеянное веснушками:

— А ты случайно не знаешь, что сталось с профессором Филатовым из Одессы? Погиб на войне? Или умер от старости?

Сначала я даже не понял, о ком говорит Маруся. А потом вспомнил, как Берэлэ Мац собирал деньги, чтоб отвезти Марусю к Черному морю, к знаменитому профессору, делающему слепых зрячими. И сказал Марусе, что постараюсь все разузнать где следует и вообще позаботиться о ней.

— Я уж надеяться перестала, — улыбнулась Маруся. — А теперь опять можно помечтать.

Эфраим Севела

Почему нет рая на земле

роман

Редактор О.Авилова

Художник А.Бондаренко

Компьютерная верстка К.Москалев

Издательский Дом "Зебра Е"
Изд. лиц. № 05017 от 07.06.2001
115597, Москва, Воронежская ул., д. 46/1, к. 77
тел./факс (095) 291-59-34
e-mail: info@zebrae.ru
http://zebrae.ru
По вопросам распространения обращаться по телефонам:
(095) 378-81-11, 378-84-74, 378-82-62

ООО «Издательство «Эксмо».
107078, Москва, Орликов пер., д. 6.
Интернет/Home page — www.eksmo.ru
Электронная почта (E-mail) — info@ eksmo.ru

Подписано в печать 10.12.2002. Формат 70×108 1/32.
Гарнитура «НьюБаскервиль». Печать офсетная. Бум. писч. Усл. печ. л. 8,4.
Тираж 5100 экз. Заказ 7872

Отпечатано в полном соответствии
с качеством предоставленных диапозитивов
в ОАО «Можайский полиграфический комбинат».
143200, г. Можайск, ул. Мира, 93.